60代、かろやかに暮らす

岸本葉子

中央公論新社

60代、かろやかに暮らす

目次

その振込だいじょうぶ？　9
変わる本人確認　12
不要品の売買　14
捨てずに再利用　17
着ればわかる、処分する服　19
ずっと行っていない店　22
ヲタ活の終わり　24
争奪戦にさようなら　27
体力の切れ目　29
近くて遠い診療所　32

たんぱく質のタイミング　34
腸内環境を整える　36
若いときはなかった心配　38
仕事のしかたを変えながら　40
対面が減って　42
微妙なオンライン　44
愛は勝つ、はず　47
初めてのバッティングセンター　50
筋肉痛の夜　52
骨をなるべく減らさない　54

抜歯するなら早いうち　56
手荒れを治し、かつ防ぐ　58
ベストな睡眠時間　60
しまったつもり　63
ときどき魔法　66
妖精がついてくる　69
100円ショップの迷宮　72
キラキラ拭き掃除　75
汚れをためない「前始末」　78
これがハウスダスト　82

虫のいろいろ　85
犬と暮らせば　87
草の匂いの飛行場　89
銭湯に流れる時間　92
懐かしのヒット曲　94
紙とデジタル　97
そろそろナビアプリ　99
出先で、もしも　101
財布を忘れて　104
広まるセルフレジ　107

停電の半日　109
老舗ホテルの閉館に　112
話が合う若者　115
まだまだヘアカラー　117
介護脱毛　120
なるかもしれない認知症　122
自宅にひそむ危険　124
保険、年金　126
いくつで受給　128
無料の家計相談　130

うっかり寝つく　133
高カロリー、繊維少なめ　136
なんとか復活　139
まさかの誤飲　141
持病と付き合いながら　144
環境を変える　147
ここでは新参者　150
入れ替わりの時期　153
老眼鏡の10年　156
鍵が壊れて　159

ひとりで具合が悪くなったら　162
緊急通報システム　165
虚弱でもできること　168
「しない」貢献、「したい」思い　171
人間ドックの昼　173
まずは減塩　176
ため込まない、老け込まない　179
ゆるゆると脱マスク　184
元の日常生活へ　186
やっと「卒業」　188

断捨離の助け　191
所有しないで消費する　193
早めに手放す　196
業者の査定　199
増やしたいもの　202
まっさらにして　205
たぶん最後の大買い物　208
この先20、30年　211

あとがき　214
初出一覧　216

60代、かろやかに暮らす

その振込だいじょうぶ？

街なかのＡＴＭで振込をしていると、後ろから不意に「すみません」。ギョッとして振り向くと制服の男性警官だ。

「さっき近くのＡＴＭで詐欺被害が出たばかりなので。だいじょうぶですか」

マスクの上の目が「へ」の字に曲がりそうなほど、最大限の笑みを作って言う。つまり、私のこの振込も詐欺ってことはありませんかと確かめている？

「だいじょうぶです、ご心配ありがとうございます」。操作の続きをすませ、カードをしまうのもそこそこに「ど、どうも」とその場を離れる。もう1件振込があるのを動揺のあまり忘れたことに気がついて、できていた列の後ろへついた。

順番を待ちながら、私の心は複雑だ。昔、母が初めて席を譲られたときのことを思い出す。買い物から帰るなり、話したのだった。バスの中ですぐ前の若い女性が、

「おばあさん、どうぞ」

と立ち上がる。見回せば自分しかいない。

親切に言ってくれたのに断るのも悪いかと、礼を述べて座ったが、「私もお年寄りに見えるようになったのだなと」。知らない人から「おばあさん」と呼ばれるのも初めてで、二重のショックと言っていた。当時母は50代。髪を染めず、服装が地味だったせいもあろう。

私の動揺もそれと似ている。振り込め詐欺に遭いやすいのは高齢者。画面を操作するときはどうしても背を丸めるし、髪は自分でカラーリングしているが、後ろの方まで行き届かず、根元の白さが見えていたかも。服装もゆるめのスラックスに、幅広のウォーキングシューズと「お年寄りあるある」だ。ま、実年齢も還暦だし。

警官はATMに来る人来る人に、さきほどと同じ言葉をかけている。ひとりは70代とおぼしき女性。話し好きらしく、近くのATMと聞くや「えっ、どこ?」にはじまり、「物騒ね。私もこの前危なかったの。銀行員と名乗るものだから、つい○○○○って……」。4桁の数字を口にして「ああっ、いけません。私たち警官でも暗証番号をお尋ねすることはけっしてありません」と諭されている。

お次は80になろうと思われる、りゅうとした身なりの男性で、警官にみなまで言わせず「失礼な、余計なおせっかいだ、人を年寄り扱いするのか!」と怒り出す。

こわい、というかお気の毒。警官がつとめて柔和に、かつ遠慮がちに話しかけてきたわけがわかる。突然で驚くし、誰しも自分では「正しい振込」と信じているし、プライドもあるし。ニュースでよく、ＡＴＭで詐欺被害を防いだとして表彰される人が報じられ「怪しいと感じて、放っておけませんでした」「1時間かけて説得しました」などとインタビューで語っているが、その勇気と辛抱強さに頭が下がる。

詐欺に遭った人は「まさか自分が騙《だま》されるとは思わなかった」と異口同音に言うそうだ。私もおのれを過信せず、声をかけられたらきつく当たらぬことを心がけよう。

変わる本人確認

ネットで決済する際の本人確認が強化されている。自宅のパソコンから利用しているショッピングサイトでは、あるときからスムーズに支払いへと進めなくなった。支払い前に、スマホへ送った4桁の数字を入力するよう求められる。不正行為が多発して、安全性を高めるためらしい。面倒だがそのつど立って、寝室で充電中のスマホを取りにいく。スマホ依存を警戒し、自宅ではスマホをそばに置かないようにしているが「こうして手放せなくなっていくのだな」と思う。

購入時のみならず、注文履歴を参照したいときも同様だ。自宅には私ひとり。「見られて困る人は、ここには誰もいないのに」と思うのは、たぶんネットをよく知らないから。私の想像し得ないところに、情報を盗まれる危険があるのだろう。

先日はフリーマーケットのサイトを、久しぶりに覗いた。買いたい商品の生産が終了していると、そちらで探すことがある。購入しようとしたところ、利用制限がかかっていた。本人確認の手続きが済んでいないためと。そういえばしばらく前、当のサイトからメールが来ていた。マイナンバーカードや免許証など本人確認できる書類を、ネットで提出せよという。個人情報の最たるもの。「サイトをかたって、それこそ不正に取得しようとする偽メールでは」と疑い放置していたが、本物だったようだ。

提出方法の案内によれば、書類はスマホで撮影し、アプリ経由で送信する。カードを顔のそばに構え、正面からいっしょに写したり、指示に合わせて首をかしげたり。カードの厚みを撮影したり。写しではなく本物であることを、証し立てるためだろう。

「自撮り」の苦痛もさることながら、厚みの撮影の難しさ。カードを半回転させるように、右へ左へ傾けるのだが、指示された枠からはみ出したり、うまく感知されなかったり。スマホの機種によっては対応していないという。困り果ててサイトの問い合わせ欄に相談し、パソコンから送信した。

本人確認完了の知らせが2度来て、なおも利用制限は解除されず、問い合わせ欄からみたび解除を求めると「解除には、本人確認の書類を提出して下さい」。同じ案内の繰り返し。ＡＩがキーワードを拾って返信するのか。それにしては精度が悪い。

この調子では提出済みの個人情報も、間違いなく保護されているかどうか。本人確認の強化に管理体制がついてきていないような。

不正行為との追いかけっこは続きそうだ。

不要品の売買

不要になった品をフリーマーケット（以下フリマ）で取引する件数が増えているという。価格を決めて、ネット上に出品。値引きの相談がよくあるらしいが、応ずるかどうかは自分次第。購入の申込があれば成立し、代金は運営会社が預かって、商品の受け取り連絡後に支払われる。

ネットに慣れた若い層から始まり、シニアにも急増中。シニアは概して文章が丁寧なため、評判がいいそうだ。

購入した経験からすると、たしかに多く書いてあるのは安心。買ったのは、鍋セットのうちの小鍋で、出品者は同じセットを数年前百貨店で求めたこと、家族が多く大きな鍋しか使わないことなど、どういう人のどういう状況のものかが、商品説明や自己紹介の文章でわかった。

先日も欲しい品が出てきた。家にあるカップ＆ソーサーと同じものを、できればもう2客揃えたい。生産終了となったのか、探しても新品では出てこず「こういうときこそ中古品」とフリマを覗いた。

あった。出品者はただひとり。価格は新品より少々安いくらい。商品説明によると、自宅キャビネットに飾っていたので、未使用とはいえないが美品、転居のため狭くなるので、好きなかたにお譲りしたい。正直。かつ、その品への愛が溢れている。その人の出品物を見ると、同じカップ&ソーサーを1客ずつ出しているほか、銀器、ガラスの花瓶、薔薇の絵の額など、優雅な暮らしぶりがうかがえる。購入前には必ず自己紹介をお読み下さい、とのこと。

読んで少々たじろいだ。値引きには応じられない。それは構わないとして、遺族年金が少なくがっかりしており、生活費の足しにするつもりだと。「そ、そんな深いご事情まで、私が知っていいものか」。

実は私は、2客購入するので端数を値引きできないか、コメント欄からお願いしようと考えていた。が、お困りのようすを知れば、言い出せるものではない。購入そのものもひるむ。だいじに愛でていた品を、不幸に乗じてさらっていくようで。でも本人が売却を望んでいるわけだし……。踏ん切りがつかず、気になる商品に登録だけしておいた。

数日間迷い続けるうち、登録の品にコメントがつきましたと、運営会社からのメール。コメントを見にいくと、なんと商品そのものが売り切れていた。コメント欄に値引きを依頼してきた人がいて、その人との間で瞬時に交渉がまとまったようである。応じられないのは、絶対ではなかったらしい。あのご事情で値引きしてほしいと言えた人は、たいへんな勇気。もしかして自己紹介を読んでいない？　それでも取引がまとまるときはまとまるのだ。

「遺族年金」にたじろいだ私は、世の動きに遅れていたかも。シニアの利用が急増したいま「終活」とか「生前整理」とかのワードは、フリマアプリにふつうに出てくるという。

不要品の取引は、資源節約につながりそう。商品説明や自己紹介のほどのよい読み方、出品するなら書き方を身につけて、利用したい。

捨てずに再利用

グレーのタイツの親指の先が破れた。いろいろな服に合い、厚みもほどよく、たいへん気に入っていたものだ。先に穴があいた以外は、まだまだはけそう。が、訪問先で予期せず靴を脱ぐことになったら困る。残念だけど処分しよう。

意を固めかけたところで、ふと思った。「レギンスにできない？」。この色、このはき心地のレギンスは、ずっと探していたのである。わざわざよそに求めなくても、このタイツの足首から先を切ればいいのでは。

鋏《はさみ》を入れると、さすが指先の穴が広がらないだけあり、切れ端から裂けたり伝線したりしない。端の線はガタガタだが、ソックスをかぶせるようにはけば、人目にはふれないし。再利用の方法として効果的。

いい方法だと思っていたら、上には上がいた。知人の女性はストッキングを再利用しているという。ストッキングをはく機会が多いが、タイツに比べ生地が薄く伝線しやすい。片側が伝線しただけで処分するのは、もったいないと考えたそうである。

知人は伝線した方を、試しに付け根から切ってみた。股上《またがみ》の部分は脚のところより厚めに編まれていて、鋏を入れても、そこから破れることはなかった。片側だけ残ったストッキングを、捨てずにとっておく。そのうちまた1足伝線したので、同じように片側だけ裁ち落とした。

別々の脚を入れてはけば、見た目は完品。股上だけ二枚重ねになるが、知人のいうには、保温性が高まり、冬の寒さや夏の冷房からお腹を守るのにちょうどいい。

この方法が成り立つには、残った側を左右どっちにもはけるストッキングであることが必要だ。かかとが補強されているものだと、前後の別があるので、それができない。そのため知人は買うときから、後々の再利用を視野に入れ、前後の別のないものを選び、同じ品をまとめて購入するということだ。あっぱれ！

「でも……」と私。万が一外で怪我などして病院へ運ばれ、自分では脱げずに受診する事態になったとき、独特なはき方がばれてきまり悪いのでは？　知人に聞くと「そのときは恥ずかしがる余裕ないだろうし、先方だって職業柄いろんな人を見ているだろうし」。

たしかに。

付け加えれば、そういう事態に陥らぬよう、注意深くなる効果もあるかもしれない。

着ればわかる、処分する服

「黒は要るよ。とっておいた方がいいよ」。処分しようかどうか迷い中という私の文章を読んだ、年長の女性の助言である。法事用の黒とは違い、ちょっと華やかな、お祝い事の集まりや行事に着ていけるもの。もっとも派手なものは、黒に赤い薔薇柄のワンピースだ。

新型コロナウイルスの影響で、改まった場に出ることなく数年が過ぎ、死蔵状態。収納の原則からは処分対象だが「何かのとき黒はないと困るよ。早まらない方がいいよ」と知人。きれいめの服が自分にはもう似合わないと悲観するのは、コロナで心が弱っているからだと。

語尾の「よ」のリフレイン効果か、言うとおりかもという気がしてきて、クローゼットを覗けば「たしかにこれは手放せない！」。刺繍のような織り方で、丸い花を数枚の葉が囲んだ、薔薇柄といえばカーテンであれベッドカバーであれ、まず思い描くだろう古典的にして不変の模様。薔薇のイデアがそこにある、といおうか。いっときでも捨てることを考えた私は愚かであったと、跪《ひざまず》いて許しを乞いたいほどだった（やはり心が弱っている?)。

再び迷いはじめたのは、保管付きクリーニングの返却日が近づいて。半年間預けていた冬のコート類が戻ってくる。入れ場所を確認するためクローゼットを開ければ、目につくのはやはり死蔵中のきれいめの服だ。

返却日が迫ったある日、思い立った。「着てみよう」。ノーメイクの地味顔では「着負け」すること必至だが、オンラインの会議がたまたまありメイクしている今日なら、出かけるときと同じ条件で渡り合える。

洗面台の上の鏡に全身が映るよう、洗面台の前へ椅子を運ぶ。薔薇柄のワンピースにまず袖を通し、椅子に乗った瞬間、爆笑した。なんというか、形がプリンセスすぎるのだ。ウエストから下がふわっと広がり、裾は結婚式場のカーテンのように、いくつもの半円にふくらむバルーンスタイル。そして丈が膝までしかない。このところワンピースは長いのが流行りだから、よけい短く感じられる。

柄がどうこう以前に、形で無理な服ってあるなと知った。

コロナから復活のあかつきにはこれと合わせるつもりだった黒のベルベットのジャケットも、実際に上に着てみると、丈のバランスがとても悪い。

脳内シミュレーションの限界を感じる。こうなったら、きれいめの服すべてを着てみよう。

黒のワンピースの2点目は、白のパール襟が今の自分に若すぎた。3点目は模様も黒なので、顔年齢的には充分ありだが、ファスナーを閉めた瞬間「あ、ないな」。お腹が苦しい。入ることは入るが、ステイホームの楽な服に慣れた体は、ウエストを絞る形を拒んでいる。鏡を見れば丈も短く、窮屈さをがまんしてまで、頑張って着るものではなかった。

跪いて許しを乞うまでの愁嘆場を演じた服に、こうもあっさり未練を断ち切れるとは。断捨離を迷っているかたにはお伝えしたい。着ればわかる。

「黒は要るよ」との年長者の助言を容れて、ワンピースはこれ以外の黒を1点だけ残し、3点とベルベットのジャケットは宅配買取へ。価格は問わない。誰かのもとで生き返ることを祈るのみである。

ずっと行っていない店

緊急事態宣言、まん延防止等重点措置とも2021年9月末をもって、全都道府県で解除された。「今感染し重症化したら、医療を受けられず自宅で死亡するのでは」と人々を震撼させた第5波は、急速に収束した。

感染者が減ったのはよかったが、実態を反映しているのか、検査をしていないためでは、など半信半疑の声が聞かれる。第5波のインパクトがそれだけ大きかったのだろう。第6波への警戒心もある。

「平時」へ戻ったわけではない。飲食店は感染対策の要件を満たした店でも、21時までの営業だ。百貨店各社も時短営業、混雑時の入場制限を継続し、慎重な態勢をとっている。

そんな中、とある百貨店内の服のショップの販売員から、電話があった。月末で異動になるとのこと。「そうですか。すみません、コロナ以降全然行っていなくて」。惜しむ思いが、自分でも意外なほどわいた。

15年以上の付き合いの店だ。新型コロナウイルス感染症が起きる前は、月に2回は顔を出していた。買おうとする品について、それは近日中にセールになると耳打ちしてくれるなどは、長年の顔なじみならではだろう。

2020年3月から時短営業となったのは、閉店1時間前に行くのが常の私には、影響が大きかった。以降、休業、短縮営業、土日休業などめまぐるしく変わり、いつ開いているのかよくわからなくなった。

調べてまで行こうとしなかったのは、家中心の生活で、服を買う習慣そのものが途切れたためもある。留守番電話にはしばしば、新商品の入荷やセールの案内が吹き込まれていたが、聞き覚えのある声に胸が痛みつつ、返信すらしなかった。このたび異動を知らせる電話にたまたま出たのは、少しの縁が残っていたのか。

ひと頃はあれほど足しげく通いながら、無沙汰をしていたことを詫びる私に、恨みがましいことは言わなかった。会えないのは残念だから月末までに来てほしいとも、言わなかった。これまでの礼と健康を祈る言葉のみ。私も行くとは約束せずに、先方と同じ言葉を返しながら、これもひとつの別れであると思った。人生の上でなくてすむ、でも一時期当たり前のようにあった、交流。不要不急の外出が控えられる間に、少しずつ失ってきた。

人間関係が同居家族や職場など濃いものに限られる中、それらの淡い交わりが日常生活を彩っていたことを、改めて感じている。

ヲタ活の終わり

「今思うとあれは、フィギュアスケートのチケット並みの争奪戦だった」。1回目、2回目のワクチン接種の予約を振り返って知人は言う。彼女の趣味はフィギュアスケートの観戦だ。

私も何回か争奪戦に参入したことがある。チケット販売サイトの前で待機し、売り出しと同時にクリックすると「完売」。まさに「瞬殺」である。「これで買えるのって、どういう指の速さの人？」と謎だった。

どうしても現地で見たい知人は、サイトに入るタイミングを探ったり、家族を動員して違う端末から試みたり、いろいろ研究したという。ワクチン接種の予約では、それを応用。「ヲタ活があんなところで役に立つとは思わなかった」。

私がフィギュアスケートにはまりはじめたのは、かれこれ十数年前。介護に通う父の家のテレビで、チャンネルをよく合わせてあった。交代で介護に当たるきょうだいの選局だろうが、父も好んで見ていた。

理由はわかる。王宮が舞台の韓国ドラマ同様、感じやすい老人の心を脅かすものが何もない。氷、音楽、衣装、ポーズ、どれをとってもきれい。対人競技と違ってラフプレーはなく、痛そうなのはジャンプで派手に転倒するときくらいか。それすらも若さと未完成の勢いというか「時分の花」にたとえられそうな美しさがあるのだった。

老いが進行し、父の状態から目が離せなくなると、テレビはついていても見られない。当番を終え、深夜自分の家に戻ると、パソコンで試合の動画を探すのが習慣化した。過去の滑りも知りたくなり、果てしない動画の海へ漂い出る。

試合後は採点の詳細が、運営サイトに掲載される。「4T+3T」「-2」「!」「<」といった英数字や記号の並ぶ表だ。動画の解像度が悪いときは、採点表を見た方が、選手の出来不出来がよくわかる。しだいに採点表からその日のパフォーマンスを脳内再生できるようになった。

観戦の中心は、テレビを含む動画から、データ+紙媒体へ移っていった。個々のパフォーマンスは採点表で、試合全体の動向はフィギュアスケート専門誌で把握する。見どころも、掲載の写真で鑑賞。現地観戦を主とする知人とはスタイルが異なるが、これもひとつのヲタ活であろう。

フィギュアスケート人気の上昇に伴い、専門誌の種類も発行回数も増える。売り切れると困るので、とりあえず購入。

そしてこのたび知人とのヲタ話で突然気づいたのだ。買ってまだ見ていない専門誌が、本棚にどれほどあるか。すなわち見ずにいることができている。いつの間にか私はヲタでなくなっていた？　深夜に介護から帰宅するたび、動画の海へ身を投じたのは、命を預かる重圧と迫る末期《まつご》の予感から、ひととき逃避していたのかも。心を脅かすもののない氷の世界へ。

意外なきっかけで終わりを悟った、わがヲタ活の歴史である。

争奪戦にさようなら

知人と同じく私も、1、2回目のワクチン接種予約は出遅れた。自治体の予約枠は「瞬殺」。医療機関では受付停止。都の中小企業対象の集団接種が、個人事業者に拡大される。それも満員になったが、予約枠の追加があり、取ることができた。

会場は、初めての路線の初めての駅から歩くところ。調べておいた列車よりだいぶ早い列車に乗ったら、途中通過待ちで抜かれ、おまけに駅の出口を間違えて焦る。都心で国の大規模接種センターが始動した際「不慣れだから前日に下見に来た」とニュースで語るお年寄りがいたが、その気持ちがよくわかった。

接種そのものはスムーズで、到着から15分の待機を終えて出るまで30分。

2回目は副反応に備えて臨んだ。体験者からつとに聞いている。翌日はほとんど食べられなかった、最初のうちは「めずらしく熱を出した私」を自撮りしていたが39度を超えて、余裕こいていられなくなった、など。「あるといい」と教わったゼリー、カップうどん、お粥などを買い、キッチンの取りやすいところにまとめ置き。ベッドサイドには、経口補水液、水、解熱鎮痛剤。そうした知恵を授かれるのが、後発組の利点である。

副反応は若い方が出やすいといわれ、還暦にしては備えすぎかもしれないが、家の体組成計の表示する体内年齢を一応信じ、40代仕様とした（さりげなく自慢）。

帰宅後は大忙し。1回目は腕の痛みがきつかったので「とにかく腕を上げる作業を先に」。洗濯物をとり込み、上の棚にしまう。次いで翌日起きられない想定で、メールをまとめ打ち。そうこうするうち眠さに襲われ「来た！」。しばらくは粗食だからと奮発して買った握り寿司とマスカットを、急いで食べる。

寿司まつりまでを慌ただしく終えるも、その後熱はあまり上がらず。夕飯が早すぎて、夜にはお腹が空き、カップうどんに手をつけたいのをがまんした。

翌日も37度止まりの熱と倦怠感のみ。わが家の体組成計はサバ読んでいる？

接種で得たのは、重症化リスクを下げられただろうという期待。それ以上に、予約をもう試みなくてよい安堵感だ。生命に関わることがらが早い者勝ちの状況に疑問と抵抗をおぼえつつ、参入することへの葛藤がずっとあった。

感染リスクはまだまだなくなりそうにないが、争奪戦に加わるストレスからは解放された。

体力の切れ目

ヲタ活の終了について、異なる見解を述べる知人がいた。心の必要云々より、資金力ないし体力の切れ目が縁の切れ目だと。

彼女には推しのアイドルグループがいた。仕事で重圧のかかる中、コンサートで振る応援うちわを作っている時間が癒しであったという。そのコンサートに行くのがつらくなってきた。チケット代は頑張ればまだ払えるが、体力が尽きて。

席はあるものの周囲はほぼ全員立って観る。それに合わせて立ち通し。何よりもこたえるのがトイレのがまん。興奮マックスの人たちに対し「あのー、ちょっと」と前を横切ったり押し分けたりして出るわけにもいかない。パンツ型紙おむつを着けることも、本気で考えたほどという。「あれはもう、私にはできない」。

フィギュアスケートでも資金力と体力は大きい。根性のない私は、主要な試合のチケットの争奪戦では全敗。現地へ足を運んだことがあるのは、興行試合とアイスショーだ。そこで「愛は惜しみなく注ぐ」ヲタ活の現実にふれた。

興行試合で隣席となった人は、公務員と語る40代とおぼしきおとなしげな女性。「私なんてヲタとはいえません。海外の試合もフィンランドに行ったことがあるだけで」と謙遜する。

旅費の負担が苦しそうに思うが、女性によれば格安チケットで行き、現地では試合だけ観て、前後は機内泊。「弾丸ツアーをすれば、そんなにかからないんですよ」。楚々として微笑む。

フィンランドへ弾丸！　関西への日帰り出張ですら腰痛や移動そのものがこたえ、自費で前泊することを考える私である。

そのときの驚きはまだあり、トイレの列だ。休憩時間になるやすぐ向かったが、文字どおり長蛇の列。休憩時間まるまる立って待つことに費やし、疲れ果てた。

ヲタ活からの脱落を決定的にしたのが、アイスショーのトイレである。会場は日本有数の大規模複合施設内にあり、主催者のはからいで、隣接の展示場のトイレを開放する旨、アナウンスされた。が、その遠いこと。休憩時間内に戻れるか不安で、皆おのずと速歩《はやあし》になる。

だだっ広い廊下を横並びで駆けながら、「次はないな」と思った。走れども走れどもたどり着かないトイレに、ふるいにかけられているようだ。「この競争にうち勝つ体力のある者のみ来よ」と。あれを最後に、現地で観ることをしていない。

ひと頃よく観た歌舞伎や文楽も、もう無理かも。行ったのは、建て替え前の狭い歌舞伎座だ。幕間《まくあい》になると、客席からいっせいに人が引いて、ロビーのそここの椅子におさまり、巻き寿司やいなり寿司で食事。トイレに並んで、人によってはお土産まで買い、幕の上がる頃には、何ごともなかったように着席している。制限時間30分以内にあれだけをこなす、整然としてスピーディーな動きに、ついていけそうにない。

隣席が80前後とおぼしき紳士だったことがある。新幹線で来て、昼の部、夜の部と通しで観て、最終で帰ると、問わず語りに。「お好きでいらっしゃるんですね」と社交辞令で応じたが、今ならその体力に心からひれ伏したい。

近くて遠い診療所

コロナ禍の間に、医療機関との「距離」をはかるようになった。

ワクチン接種の局面では、自治体の案内に掲載された、個別接種を行う診療所のほとんどに「かかりつけのかたに限る」との但し書が付き、とまどった。何か所かは通院したことがあり、診察券も持っているけれど、かかりつけと言えるのか。日本医師会の定義には、受診頻度や最終受診からの期間はない。

通院をめったにしない人からは「健康保険税だけはしっかり払って、医療制度に貢献したつもりが、こんなところで不利益を被ろうとは」との嘆きを聞いた。コロナ禍の直前の２０１９年12月に行われた厚生労働省の調査では、かかりつけ医が「いる」と答えた人が45パーセント、「いない」が45・６パーセント。コロナ禍を経て、割合は変わっていくだろうか。私が予約する頃は、ワクチンの供給が滞り、自治体内の全診療所が個別接種を停止。それでも別の局面で「距離」を考えさせられた。

近所のＡ診療所は、コロナ禍のはじまり以来一貫して発熱患者の診療を拒絶。入口ドアの貼り紙で、相談センターの電話番号を案内するばかりだ。相談センターに電話がつながらないと報じられた頃。貼り紙を目にするたび「今熱を出したらどこも頼れないのか」と不安がつのった。別の道でたまたま通りかかったB診療所の貼り紙には、何時から何時まで発熱外来を設けると。診療所の規模はAと同程度。スペースや感染防止のためのコストなどやりくりして、不安に応えようとしたのだろう。

医療に詳しい人によれば、Aを責めることはできない。熱のある人を受け入れれば、コロナが来ると言われ、風評被害のリスクがある。患者に敬遠されたり、住民から嫌がらせをされたり。町の診療所にとっては死活問題だと。つまりは私たちがどういう態度をとるかによるわけか。自分なら苦しいときに門を開いてくれる方を選ぶ。

距離感には、受診控えもある。今行くと、感染リスクが高いのではという恐れ。あるいは、医療現場はたいへんだから今行っては悪いのではないかという遠慮だ。

日本対がん協会とがん関連3学会による調査では、2020年のがんの診断件数は、前年より9・2パーセント少なかった。増加傾向の続くがんが、実際に減っているとは考えにくい。受診控えが診断の遅れにつながらないか、心配である。

私も年に1度の人間ドックを迷い、思いきって電話でようすを聞くと、通常どおりという。医療機関の負担を慮るあまり、患者の方から「距離」をとりすぎないようにしたい。

たんぱく質のタイミング

知人の70代女性には、よきかかりつけ医がいて、血液検査をはじめさまざまな数値を把握している。知人は前からややふくよか。「頑張ってちょっと痩せたかと思うと、すぐ元に戻ってしまって」。先生にこぼしたところ、体重に一喜一憂しないように言われたそうだ。それより筋肉量を増やすことをめざそうと。

知人は体組成計を買い、毎日測定。筋肉量は標準値より常に「少ない」、体脂肪は「多い」。その表示が変わることは、半年間いちどもなかった。

最近になって知人が人から聞いたのが、朝にたんぱく質をとること。体内では諸機能を維持するため、アミノ酸が使われる。寝ている間は食べないから、筋肉を分解してアミノ酸を得る。朝はいわば筋肉を取り崩した状態。そこへたんぱく質を投下して、筋肉を効率的に合成できるようにするのだと。

半信半疑で知人は実践。朝は果物ですませていたところへ、昼にとるのが常だった卵やチーズ、牛乳を前倒し的に追加。すると、あれほどしつこく「少ない」にとどまっていた筋肉量が、なんと3日で「標準」入りしたという。「運動なんて何にもしていないのよ」と知人。そんな！

私が体組成計を買ったのは、最初の緊急事態宣言で家にいるようになったとき。以来週に数回はジムに通い、ジムが休業中は「家トレ」に励み、努力を重ねてきたものの、筋肉量が「標準」に達したことはついぞなかった。たった3日で、しかも食べるタイミングを変えただけで？「やってごらんなさい」と知人。もちろんだ。

が、いざ試すと、朝のたんぱく質を3日続けるのは、意外と難しいとわかった。胃腸がまだ受け入れ態勢になく、つい軽くすませたくなる。それというのも前日の夕食が遅いから。ジムに行く際満腹はよくないので、帰宅後に食べる。仕事→運動→風呂→帰宅、それから作るので、どんどん後ろへずれるのだ。「体にいいこと」ってほんとうに、あちらを立てればこちらが立たず。

3日で数値向上はあくまで知人の体験談。効果の保証はないので、どうぞ悪しからず。

腸内環境を整える

朝のトイレが、かつては憂鬱だった。お腹が張っているのに、出ない。野菜はとるよう心がけていたものの、足りていなかったのかも。下剤を飲もうか？　でも変なタイミングでもよおしたり、効きすぎたりしても困る……。そんな悩みが今となっては嘘みたい。

ひじきやこんにゃくなどを使った食物繊維たっぷりのおかずを、作り置きすれば理想だけれど、より簡単な方法で。

改善に資したのが、日々の食物繊維のかさ上げだ。

味噌汁に乾物のカットワカメやアオサノリを加える。水戻し不要なので、袋からお椀に振り入れるだけですむ。ご飯は胚芽米か玄米を基本とする。はじめは炊くときに粉寒天を加え、食物繊維をさらに増量していたが、そこまでしなくても、すんなり出るようになった。

和食のいいのは、腸を助ける発酵食品を無理せずともとれることだ。味噌しかり、納豆しかり。ぬか漬けは特にてきめんだ。整腸剤のロングセラーに噛んで飲める白い錠剤があるが、あれは乳酸菌の働きで腸内環境を整える。ぬか漬けは乳酸発酵だから、整腸剤を食べるようなものなのでは。しかも野菜が、手軽にとれる。

納豆は薬との兼ね合いその他で、食べられない人もいるかと思うが、ぬか漬けはおすすめできる。その効果たるや「今日は夜ジムへ行くから、お昼はぬか漬けを食べないで、帰ってからにするかな」などと考えるほど。力んだ拍子にガスが出るといけないから。ゆゆしきことではない。それくらい腸が元気になるのである。

これらがいかに腸を助けているかは、外食が続くとよくわかる。朝の快適習慣が、ぴたっと止まる。サラダを頼んだくらいでは、私の腸には不充分なようだ。

ジムと書いたがそのつながりでは、フィギュアエイトという運動もおすすめ。音楽に合わせて腰を前後左右と8の字に回す。ウエストにくびれを作るのが主目的だそうだが、いちど出てみたら他の参加者が口々に言うのは「これをはじめて便秘が治った」。

検索すると動画が出てくるので、家でもできます。よろしければぜひお試しを。

他に私が腸のために気をつけているのは、冷やさないことである。寒い外や冷房の効きすぎのところから戻ってきて「なんか腸が静かだな」と感じたら、湯たんぽをお腹に載せてひと休み。しばらく経つとぐるぐる音がしてきて、活動が再開したのを感じる。

私の持っている方法の中で、即効性はいちばんある。

若いときはなかった心配

並んで廊下を歩いていた知人が「ちょっと待って」と立ち止まる。片手の指をもう片方の手首にあてて、脈を数えているようす。「失礼しました、だいじょうぶ」。再び歩き出す。

知人の語ったところでは、不整脈を持っていて、前に一瞬意識を失い、転倒して怪我したことがある。医師の説明では、多少の乱れは放っておいて構わないが、あまり頻脈になると危ない。以来、過剰なくらい注意して、ちょっとでも「速い？」と感じたら即、確かめるようにしているそうだ。

知人の言うに「心臓がちゃんと動いているか」なんていちいち考えること、前はなかった。昔はものを思わざりけりと。同感である。

私の場合は「腸がちゃんと動いているか」。うっかり注意を怠ると、たいへんなことになる。思い出すのはコロナ禍の前、洋食レストランへ行った晩のこと。

店の内装に私は興奮。漆喰《しっくい》ふうの白い壁、太い梁《はり》、ステンドグラスの窓、英国調の家具と、どっちを向いても私の趣味のどまん中だ。「自宅リフォームする前に来て、まねしたかった」「赤いビロード張りの椅子なんて、この広さだから許されるのかしら」。常より饒舌《じょうぜつ》になりつつサラダを食し、少しペースが速かったかとは、後で思った。

会食相手と別れた帰途に、腹部の膨満感と悪心《おしん》をおぼえる。もしかして腸閉塞？ 腸の手術をした人に起きやすい、腸の流れが滞ってガスすら通らなくなるものだが、はじめのうちはわかりにくいのだ。話しながらサラダとともに呑んだ空気が、単に貯留しているだけか。あるいは家の和食に慣れた胃に、洋食がもたれたか。

ジムで頑張った腹筋の痛みと勘違いしたことも、過去にはあり、判断が難しい。腸閉塞の起きている腹部に聴診器をあてると「金属音」がすると何かで読んで、聴診器を買おうかと思ったほど。

果たしてその晩も腸閉塞で、療養を余儀なくされた。ジムで頑張れるのと、「腸がちゃんと動いているか」を気にするのと、同じ人物ではないみたいだが、どちらも自分のリアルである。

「あんなに楽しかったのに、こういうことになろうとは。私にはもう外食は無理かも」との落ち込みは、長続きしなかった。直後にさんざんな思いをしても、それまでは楽しかったことに変わりない。懲りずにまたいつか行くつもりでいる。ただし充分注意して。

仕事のしかたを変えながら

冊子を制作する会社から、仕事のメールが届いた。商品を紹介する冊子で、対面で話を聞き、写真も撮影するという。東京の一日の新規感染者数が2万人に迫ろうという頃。その中でこうしたメールの来ることに、感染症とともにある生活の長さを感じた。

その会社と最後に仕事をしたのは、感染が最初に広がり始めた頃だ。「こうした誌面作りが、次にいつできるかわかりません」と担当者は緊張の面持ちで述べた。会社ではすでに出張が禁止され、対面取材も近々禁止となるとのこと。「会う」ことが「作る」のはじまりである私たちは、それ以外の作り方をイメージできなかった。

第1回の緊急事態宣言下では、取材だけでなく刊行そのものが中止となった冊子が少なくない。私の仕事も大きく減り、持続化給付金を申請した。

やがて少しずつ仕事のメールが復活する。コロナ前に取材した談話や写真の転用の依頼である。既存のコンテンツを再構成し、誌面を作るそうだ。作って売らなければお金は入らず、従業員の給与も払えない。

時期が進むと、別の形の依頼が来るようになった。談話はオンラインで新たに取材。写真は、話に合うものを私がスマホで撮影して送る。既存のコンテンツを使い尽くし、「会わずに作る」方へ舵を切ったのだ。

オンライン会議ソフトの使用に、双方が慣れてきたこともあろう。写真の質は、いくらスマホの性能がよくても、プロの撮ったものとは差があるが、一点一点を小さく使い、数多く載せることでしのぐ。

しかし対応しきれないケースも出てくる。商品を紹介するため写真の質が求められる、今回の冊子はまさにそうだ。依頼のメールには「お引き受けいただけるなら、関係者全員が抗原検査、ＰＣＲ検査で陰性を確認して臨みます」とある。

ここにも最初の感染拡大期との違いを感じる。かつては症状があっても、種々の条件に該当しないとＰＣＲ検査をなかなか受けられないと聞いた。

今は「自宅で簡単に」「結果を即日メールで通知」などとうたう検査キットや検査を行うクリニックが、ネットで検索するといくらでも出てくる。仕事の依頼に応じるからには、私も同様の安全配慮義務を果たさねばと、検査キットを購入する。

第１回の緊急事態宣言の出た日、東京の感染者数は100人に満たなかった。はるかに上回る規模の感染者数でありながら、経済はもはや止めない流れを実感している。

対面が減って

コロナ禍により、スポーツジムも様変わりした。私の通っているところでは、対面レッスンが大幅に減りバーチャルへ。先生が来る代わりに、スクリーンに映し出される動画に合わせて行うもの。動画は外国の会社から何か月かにいっぺん配信されるものを、繰り返し流すらしい。人件費はかなり削れそう。

放映中は、スタジオのガラスドア内のカーテンが閉まっている。あるとき通りかかると、ドアもカーテンも開いていて、中を覗けば、無人のスタジオのスクリーンにボディなんたらというレッスン名とスタート時間が、英語で表示してある。もう間もなくだ。出てみよう。

整列していれば案内があるかと、ドア前で待つも、他の参加者、スタッフ、誰も来ない。無断入室にとまどいをおぼえつつ中へ。ドア、カーテンとも自分で閉めた。完全セルフサービスだ。

音楽とともにスクリーンに、タンクトップとスポーツタイツに身を包んだ6、7人が現れる。中央の女性が「ようこそ」。日本語の吹き替えだ。「私たちのチームを紹介するわ。こちらは新米ママのエイミー」。妙な明るさが通販番組をほうふつさせる。

はじまったのはヨガふうのもの。スタジオの隅に積んであるマットを慌てて1枚引っ張り出し、備え付けのスプレーと紙で拭いて、シューズを脱ぐ。すべてが後追い状態だ。

このボディなんたら、激しくはないのにきついこと。マットに肘や膝をつき、上体を曲げたり捻《ひね》ったりしながらバランスを保つ。「呼吸を深く。集中して」「無理をせずに、今日のあなたを感じましょう」。通販番組転じて、自己啓発講座めいてきた。

先生役の女性と同じポーズをとろうとすると、痛たたた。腹筋がつりそうに。「いいですね」「素晴らしい！」。スクリーンからはしきりに誉めてくれるが、全然ついていけていない。

マスクがしだいに苦しくなる。ひとりなんだから外したっていいように思うが、スタジオのどこかに監視カメラがあるかもしれず、規則を守らねば。仰向けの腹筋にいたっては1ミリも上がらず「もう見られていようが構わない」とあきらめて、ただ寝ていた。

それにしても孤独。対面レッスンでは一体感がアドレナリンの分泌を促すのだと感じる。経営難を乗り越えた先では、対面レッスンの増えることを期待したい。

微妙なオンライン

通っているスポーツジムで、オンラインライブのレッスンがはじまった。外国の会社から買った動画を流すバーチャルとは別物だ。ライブというだけあり、同じ時間にどこかで先生が、カメラに向かってレッスンするのを、スクリーンに映すらしい。

スタジオに先生が来ていたレッスンは、大幅に削減。私が参加していた30分間のダンスフィットネスも、なくなった。常に満員で、予約のもっともとりにくかったレッスン。涙の抗議をした人もいたが、ジムの人は心苦しげにしながらも「お金がないので」の一点張りだったらしい。

私もがっかりしたひとりだが、その率直さは認められる。ダンスフィットネスは社外の先生だが、オンラインライブは社員。給料の内ですみ、人件費を大きく下げられるのだ。他方、怒りの退会をした人もいるから、ひとつの賭けではあろう。

ダンスフィットネスのあった時間帯には、似た運動でオンラインライブが60分間組み込まれる。同じではないけれど時間が倍なら、まあまあ満足できるのでは。

そちらは予約なしの先着順。入れないと困ると30分前に行った私は、拍子抜けした。定員17人に対し、集まったのは6人。ディスタンスをとれて余りある。

スクリーンには既視感のある画面。仕事でよく使うオンライン会議のアプリで、先生のいるところとつなぐのだ。スタジオの床に置いたノートパソコンを、スタッフが操作して、照明を落とし、入口の遮光カーテンを閉めて去る。

60分間の印象をひとことでいえば「微妙」。ダンスはダンスだ。それなりに汗もかく。が、個々に黙々と踊る感じ。先生の求心力が不在のため、一体感に欠けるのだ。6人が5人、4人となり、私の参加も1週おきから2週、3週おきに。

先日久々に出たら、ついに2人となっていた。私の他はふくよかなトレパン姿の、40代とおぼしき、おとなしげな男性。スタッフはいつものように照明を落とし、遮光カーテンを閉め……えっ、暗室に見知らぬ男性と2人きり?! いや、何が起こるわけでもないのだが。中途半端に見知っている男性より完全に他人を決め込めて、むしろいいか。

スタジオの端と端に離れ、スクリーンのみに集中し、無関係に踊る。視界の隅をときたまかすめる動きは、キレッキレではない。初めて参加した人かも。

彼の全身が目に入り、驚く。スクリーンではなく、反対側の鏡を見ながら踊っている。意外と自分に酔うタイプ?

次の曲になり理解した。その曲で踊るのは私も初めて。初めてだと先生がしてみせるポーズを、自分がとれているかどうかわからず、鏡で確かめる必要があるのだ。

ただ、鏡に映るスクリーンにそのまま合わせ続けると、正しい振付と左右逆におぼえてしまう。ポーズがつかめたら向きを戻し、初めての曲になったらまた鏡と、その場でくるくる反転しながら踊った。男性も同様に。60分が終了すると、無言で会釈を交わし退出。

やっぱり「微妙」なオンラインライブ。とはいえジムが存続できないと、私は困る。この方式を受け入れて、経営環境がよくなるのを待とう。

愛は勝つ、はず

フィギュアスケートの現地観戦に行き、トイレに並ぶ体力がもうないと悟ったとき、私のヲタ活は幕を下ろした。本棚にはフィギュアスケートの専門誌が10年分。ゆくゆく売却し、それをもってヲタ活の卒業式とするつもり。

通っているクリニックで折しも、医師からヲタ活の話が出る。患者さんの中に80代の女性がいて、宝塚のファン。加齢につれ受け答えをはじめとする反応が遅くなり、コロナ禍で表情まで乏しくなっているのが、長年診ている医師としては気がかりだ。宝塚に話を向けると、患者さんの目がパッと輝き、頬が上気する。その効果はたいへんなものだと思うそうだ。

ワクチン接種も当初、女性は消極的だったという。家にいるだけだから、別に打たなくていいと。その後突然向こうから電話して来て「やっぱり打ちたい。その方が宝塚を観にいきやすいから」。公演が徐々に正常化されたらしい。

熱心なファンで観にいくとなったら、昼公演、夜公演通しで。地方まで追いかけていくこともあるという。体力がどこから出てくるのか、医師も驚くばかり。「私も何か、そういうものを持たないとダメですね」。感心し、嘆息すると「持っているじゃないですか。ジムではまっている運動」と私の暮らしぶりをうすうすご存じの医師。ダンスフィットネスのことを言っている。あれもヲタ活のうちに入るの？

参加者の中には、先生を追いかけジムからジムへ移動したり、いっしょに写真を撮ったりするファンもいる。私はそういうはまり方はしていないが、行動変容をもたらしているのは事実だ。

例えば、ジムとは別のところで先生が行う90分のレッスンに参加した。ジムのレッスンが30分に短縮され、それすら予約がとりにくい状況が続いて、心満たされず。新規感染者数が少なくなったタイミングでもあり、思い切って申し込んだ。

参加費は事前支払い。スマホを財布代わりにすることは一生ないと思っていたが、決済アプリを、そのために入れて、初めての送金をした。

会場は初めて降りる駅から徒歩。もともとの出不精の上、コロナ禍ですっかり巣ごもり癖のついた私が、電車を乗り継いでまで行く。

広い会場で、ディスタンスのとれることは、ジムのスタジオ以上。ぶつかる心配なく、ぞんぶんに動ける。換気のため途中1回止まった以外は、90分間ほぼステップを踏みっぱなしだった。

信じられない。30分のレッスンに体の方は慣れてしまい「コロナが収束して60分に戻っても、ついていけないのでは」と不安だった。それを90分！　しかもマスクの息苦しさで。来るときも、駅の階段を上るだけで、足がずっしり疲労物質で重くなり、ホームでは乗換電車を待つほんのわずかな間も、ベンチに座って休んでいたのに。フィギュアスケートのヲタ活から脱落したのは、体力ではなく、愛が足りなかったのかも。

「やっぱり愛は勝つ」。そう信じよう。

初めてのバッティングセンター

まさか私の人生でバッティングセンターに行くことがあろうとは。趣味の俳句からのつながりである。季節ごとに1回集まり、出かけた先の題材で俳句を作る会があるのだが、「冬は寒いから屋内にしよう」となった。場所は、都心のゲームセンターの2階。

初めて足を踏み入れたバッティングセンター。入口の券売機でカードを買う。1枚で20球打てるという。金網を隔てて打席が5つ。打席向こうのスクリーンでは、5人の投手の動画が流れている。球速は打席によって違い、いちばん遅い70キロを選んだ。

バットを握るのも初めてである。一行の中に経験者の女性がいて、持ち方から教わる。金網には扉があって、ひとりしか入れない。ボウリングのように1球ずつ交代で、その隙に助言を仰ぐ、なんてことはできないとわかった。カードを入れて、さあ、対戦。

第1球。えっ、速い。えっ、重い。あっという間に手元に来て、慌てて振ると、バットの重さに引っ張られて大きく前のめり。体勢を立て直す間も心を整える暇もなく、次々と。焦って振り回すばかりで、20球がたちまち終了。速回ししたら、古いコメディー映画だな。

足元には落ちたボールが溜まっていた。

動体視力がどうだとか、イチローの現役末期は言われていた。次の打席に備え、眼鏡をかけると「かすった球が当たると危ないかも」と経験者。果たして、2打席目の後半からバットをかすることが出はじめ、金網にはね返り、後頭部や背中に当たった。20球すべて空振りだった第1打席よりは、進歩した？

人の打席を真剣に見つめ、いよいよ迎えた3打席目。最後の方で「あっ、今のが、いわゆるバットの芯でとらえるってこと」という感覚をおぼえたところで、時間切れ。

句会中も心はずっとバッティングセンターにあった。もう少し打てるかと思っていた。中学高校と体育の授業はからきしだったが、50代からの私は、加圧トレーニングや呼吸法へのめざめで「体軸《たいじく》」の意識を持つようになっている。心のコントロールも、若いときよりはできる。球の速さにひるまず、しっかりと目でとらえ、体軸の中心たるへそで前へ押し出せば、打ち返せるはず。

そう信じて臨んだが、頭でできることと体のそれとの間に、これほど開きがあるなんて。かつては句会が初めて足を踏み入れる場所だった。挑戦は次の挑戦を連れてくる。とても小さなものであっても。

し残した感のあるバッティングセンター。再挑戦へ燃えている。

筋肉痛の夜

人生初のバッティングセンターは惨憺《さんたん》たるものだった。それでも最後の方は、芯でとらえたかと思える一打があった。スクリーンに映る動画の投手が腕を振りかぶるタイミングに、無意識に合わせていたような。

「当てた」のだったたか、単に偶然「当たった」のかを確かめたい。句会の題材づくりのための体験だったたが、夜に句会が終わってから、仲間数人と再び行った。

繁華街のビルの2階にあるそこは、昼間とは様相が違った。階下のゲームセンターの客がそのまま移ってきたかのように、若いカップルやグループで混んできている。心を残しつつ帰った。

「できるまでやる」タイプでは私はない。高校数学の三角関数も英単語の暗記も早々とあきらめた。淡泊な性格が進路の幅を狭めた後悔がある。バッティングは、今さらそれができたところで、人生が変わるわけではまったくない。が、なぜか自分でも意外なほどのしつこさで、翌日夜、単身乗り込んだのである。

都心にあるのは混みそうだから、郊外で探した。ネットから取った地図を頼りに、宅地と農地の混在する暗い道を歩いていくと、夜空にひとところ緑の明かり。あれだ。

表札のある広い門を通って、簡素な平屋建ての受付へ。支払いは、打席脇の機械に直接お金を入れるとのこと。コンクリートの通路を抜けた先は。

ヒュウウゥゥゥ……。劇画ならそう文字を入れるだろう。そこは屋外で、郊外の冷たい風が枯れ葉混じりに舞っていた。都心のバッティングセンターとはうって変わって空いており、私の他には高校生らしき男子がひとり。人に言わずに目指すところのあるような真剣さと翳《かげ》を帯び、125キロの高速球に黙々とバットを振っている。

私は70キロの打席で硬貨を入れ、空振り、空振り、また空振り。何かをつかみかけたかに思えた昨夜の一打は、幻と知った。

ふと気づくと、正面のネットの向こうに人がいる。昨夜はスクリーンの動画と相対していたが、ここはネットで、投手の腕にあたるのは回転する金属棒だ。棒につながる受け皿へ、ブルゾンを着た初老の男性が、足元の球を拾っては落とす。舞台裏までよく見えて、哀愁たっぷりのバッティングセンター。

「できるまでやる」ことを脇腹の痛みが許さなかった。重度の筋肉痛以外、得るものは何もなかったが、たまにはこんな悪あがきもいい。

骨をなるべく減らさない

骨折した話を、周囲でよく聞く。若いときのようにスキーで頭から雪の中へ突っ込んだというような威勢のいい話ではなく、畳の上でよろけて手首をついたとか、家具の角に肋《あばら》がこつんと当たったとか。そんなに簡単に折れるもの？　親たちのように80年、90年と使い込んできた体ならまだしも、同世代の身に起きているのがこわい。

どうしようと調べると、すぐに出るのが「骨貯金」なる言葉。骨量は20歳くらいがピークで、その後徐々に低下し、閉経でがくんと落ちる。ピークを高くすることがだいじなので、10代のうちからコツコツ貯めていきましょうと。そんな、後から言われても……。あきらめるのはまだ早い。増やすのは無理でも、減るのを遅らせることはでき、要は食事、運動、日光浴だとのこと。

食事については、骨と聞くとまず「カルシウム！」と思うが、それだけでは不充分。カルシウムの吸収にはビタミンDが欠かせず、魚ときのこに多く含まれているそうだ。「きのこはまだしも、魚料理はあんまりしないし」というかたには、乾物がおすすめ。私はちりめんじゃこ、干しエビ、いわしの削り節を常備して、ご飯にかけたり、サラダやおひたしのトッピングにしたり、だし代わりにそのまま味噌汁に入れたりする。これなら無理なく続けられる。ちなみに干しエビは、アミエビを愛用している。桜エビも好きだが、それよりぐっとお安くて、ふんだんに使えるのがいい。

運動については、タテ方向の刺激が加わるものがいいという。そう聞くとまた「跳んだりはねたりは膝が……」とためらうかたも多いだろう。私も跳んだりはねたりは、息がすぐ上がってしまって苦手。代わりにしているのが、片脚立ちだ。まっすぐに立ち、片脚をほんの少し浮かせるだけ。左右1分ずつ、一日3回行えば、骨への刺激は、ウォーキング50分以上になるのだとか。家でできて場所を取らず、道具も要らずにその効果とは！　キッチンタイマーを1分にセットすれば、経過したとき鳴る音がゴールインを祝うようで、達成感がわく。

日光については、昼間ほとんど屋内にいる私は不足ぎみ。それでも骨密度を測ったら、ピークの平均値の92パーセントという数字だった。80パーセント以上なら心配ないそうで、まずは胸を撫で下ろす。

骨密度の検査は、私はレディースドックのオプションで受けた。自治体によっては検診にとり入れているそうで、より身近な機会になる。

抜歯するなら早いうち

親知らずを抜いたと、知人からのメールにあった。若い人なら30分ですむところを1時間かかった、痛さもさることながら、抜いた後こぶでもできたように腫れて、2日間仕事を休んだと。経験者の私は、状況が手にとるようにわかる。

私が抜いたのは10年ほど前、左下の親知らずだ。歯肉からほんの一部が三角に出ており、歯科医によれば、そのせいで隣の歯の汚れがとれにくく、歯周病になりやすい。生え方からして抜くのは少々難しいと、口腔外科を紹介された。

突き出た部分が三角であることから予測されたとおり、レントゲン画像には、深く斜めに植わっているさまが。根は太く、二股に分かれて張っている。歯を2つに割り、歯肉を切開して引き抜くそうだ。

そこからは顎の上で道路工事でもはじまったかのような、荒々しさ。打ち込み、叩き、掘削する。麻酔は当然しているが、あの硬いものを割ろうというのだ。衝撃が頭蓋骨に響く。引き抜くときの力といったら、顔が歪み、体ごとそちらへ持ち上げられそう。

終わると男性医師が、肩で息をしていた。私も全身汗をかき、あちこちが筋肉痛に。歯肉を糸で縫い合わせ、その晩は熱とうずきでよく眠れず。翌朝は左の頬の下側が、嘘みたいに腫れ、まるで誰かがふざけてつまんでいるかのよう。逆三角形のはずの顎が四辺形になり、マスクからもはみ出てしまう。

そして人体の怪。左顎に痣《あざ》が現れた。出血は口の中なのに、外側へ移動してくるとは！場所とともに色も紫から黄へ徐々に変わり、見た感じが不穏なため、腫れがおさまってからもしばらくはマスクをしていた。マスクが品薄のときに当たっていたら、どうなったか。

抜糸に行って聞いたのは、親知らずが実はもう1本ある、抜くなら早く、高齢になるとたいへんだから。保留したまま高齢期も早、目前だ。

知人の受けた説明では、若い人の倍の時間がかかったのは、年をとると歯と骨が一体化し割るに割れず、削るほかなかったからと。骨そのものが硬くなるのも、抜きにくい要因だそうだ。「高齢になるとたいへん」の意味を、ようやく知る。加齢にそんな影響もあるのだ。

残る1本が悪さをしないことを祈る。将来もし抜くことになっても、そのときは技術が進歩し、今より耐えやすくなっていると期待しよう。

手荒れを治し、かつ防ぐ

「私の手、荒れている……」。指輪をはめてみて気づいた。人造ダイヤが無駄に輝いていると思えるほど皮膚はかっさかさ、爪の周りにはささくれが。

思い返せば、スーパーで水ものを入れるポリ袋が指にくっつかず、なかなか開けない。タッチパネルも押しても無反応で、何回も。

年のせいで手の水分や脂が少なくなったのかと思っていたが、ケアしていないせいも大きいのでは。顔にはいろいろ塗っているのに、手の方はほったらかし。酷使しながら、それに報いるケアをしていない。

ネットで評判のナイトパックをしてみた。ワセリンを塗って手袋をして寝るというもの。半信半疑だったが、ひと晩でかなり効果あり！　うるおい成分や炎症をしずめる成分の入ったハンドクリームで同じようにすると、これまた驚きのしっとり感！

やわらかな綿の手袋がおすすめだ。100円くらいで買えて、洗って繰り返し使える。手荒れの回復と併せて、予防もはじめた。

基本は水仕事の際のゴム手袋。前はいちいち着けるのが面倒で「鍋ひとつ洗う間くらい」と素手でしていたが、いざスポンジを握ると鍋だけですまないのが常。シンクのぬめりや蛇口の水あかが目につき、金属タワシに持ち替えクレンザーをつけてこすりはじめる。それでは皮膚を傷めるはず。

ゴム手袋は洗濯物を干すときも着ける。脱水後しわを伸ばし、ハンガーに留める作業は、濡れたものをずっとさわっているので、水仕事に近そうと。

乾いたものをハンガーから外し、たたんでしまうときは、綿手袋を。くつしたやタオルなんぞを、宝石店の人のしているような白手袋で扱うのはうやうやしすぎるが、手を布でこすり続けることから守れる。

ゴミを出すときは軍手をする。たまに素手でしてみると、プラ容器をポリ袋に詰め込んだり、段ボール箱をつぶし重ねて結わえたりするのに、掌や指先にいかに力がかかっているかがわかる。

これらの方法で、だいぶ荒れなくなってきた。スーパーのポリ袋を一度で開ける日も近そう。

思い返せば、前に野菜のスライサーで怪我したとき、指一本が使えないだけでとても不便であった。手はほんとうに働き者。長く元気でいてもらえるよう、労《いたわ》っていかないと。

ベストな睡眠時間

年をとるにつれ睡眠のパターンが変わってきた、とよく聞く。眠りが浅くなったり、朝早く目が覚めてしまったり。寝つけないので、そのまま活動をはじめてしまうという人も。私も途中1回はトイレに起きるようになった。が、状況の許す限り再び寝る。でないと、一日のどこかで眠くなる。会議中まるで穴に落ちるように、周囲の声が遠のいたり、パソコン操作をしていたはずが、折れそうに深く首を垂れていたり。

翌日の起床時間が動かせないのに就寝がずれ込み、スマホのアラームをセットして画面に「4時間30分後に設定しました」などと表示されると、とても焦る。世の中には「5時間寝れば充分」というショートスリーパーもいるけれど、私の場合8時間睡眠が、日中のパフォーマンスを保つのにベストなようだ。

その私が、人生で最短の睡眠時間を記録した。ふだんと違う種類の文書の作成にとりかかって。慣れずに難渋していたが、やがて遅々とながらも進みはじめる。夕食や風呂を挟んでなお、せっかく感じがつかめてきたから、もう少しと思ううち「えっ、6時?!」。たいへん、明日というか今日はリアルの会議に出るため、9時には起きないといけないのだった。とるものもとりあえず布団にもぐり込み、アラームをセットすると「2時間30分後に設定しました」。

会議が危ぶまれる。満座の中で鼾《いびき》をかいては、たいへんな恥だ。その緊張のせいか、周囲の声は終始クリアで、話も頭によく入った。帰ったら何をおいても、ひと寝入りせねば。

家に着くと、寝るにはお腹が空きすぎている。まずは昼食をと、キッチンに立つ。

小腹を満たすと、そうだ、14時から16時の指定で宅配便が来るのだった。待つ間どうせ起きているなら、とパソコンに向かい、ゆうべの続き。

受け取り後も、キリのいいところまでと思ううち「えっ、17時?!」。しまった、ウェブ予約していたジムのレッスンをキャンセルできる刻限が過ぎている。電話ならまだキャンセルできる? 電話番号は?

ジム用のバッグの中に、慌てふためき会員証を探し「こんなに息せき切っているなら、行って運動した方が早い」。怪我をしないのを第一に、出力半分に抑えれば。

先生の目につきにくい、後ろの隅にポジション取りしたが、はじまるとなぜか反射神経はよく、動きもふだんよりキレていたように思う。一瞬、足がもつれそうになったくらいで。

「意外と元気で驚いた」。レッスンの後、顔見知りの人に、2時間半睡眠だったことを話すと、相手いわく、それは本物の元気ではない。その人の経験では、徹夜明けは妙にハイテンションになるそうで、それと同じ。頭は冴えているつもりでも、体はダメージを受けている。運動なんて、とても危険。

今日は問題なかったからといって、2時間半睡眠で行ける人になったのだと勘違いしてはダメ、と諭されてしまった。反省しきり。

従来どおり、8時間睡眠が私のベストという前提で、自己管理していこう。

しまったつもり

あのへんにしまってあると安心しきっていたものが、ないとわかって大慌て。そういうことはないだろうか。

久しぶりの通院を控え、寝る前に持ち物を準備していて「そうだ、銀行のカードが要るな」。新型コロナウイルスの感染防止策として、現金をあまり持たない習慣がついている。接触を減らすため、支払いはなるべくクレジットカードで。明日の病院は現金払い。行きがけに下ろさないと。銀行のカードをしまう場所は決まっている。詳しくは書けないが、とある引き出しの中。

開けて「えっ」。空だ。主な口座のカードが3枚ともない。「財布に入れて、戻していなかったかな?」。財布のカード入れにはクレジットカードのみ。

心臓がドキンと鳴るも、血の気の引くほどではまだなかった。しまったつもりで別のところへ置いていることは、ときどきある。急いでいたり、同時併行で何かしたりするとき。後になって「風呂掃除の洗剤が、なんでキッチンにあるの?!」。

銀行のカードを錯誤して置きそうな場所は、引き出しの別の段、診察券といっしょにお薬手帳に……しかし、ない。

落ち着け、私。最後にカードを持って出かけたのはいつだったか。ATM前で警察官に振り込め詐欺ではないかと声をかけられたとき？　動揺したし、後ろに人も待っていたし、慌ててATMを離れる際、変なところへ入れてしまうことはありそう。あのとき着ていた服やカバンのポケットには……やはり、ない。ここまでの場所のすべてを、もういちど念入りに確認しても同じこと。眠気はもう完全にふっとんでいた。

どうしよう。脂汗のにじむ額の内側で、自問自答する。ただちに紛失を届け出て、不正使用をくい止める？　この時間でも連絡はとれるようになっているはず。しかしカードを持って出たのは、振り込め詐欺を疑われたあの日以降もあったとしても、ずいぶん前。外で落として悪い人に拾われたなら、とっくに引き出されている。

まずはこの家のどこかにあると考え、シラミつぶしに調べよう。紛失届はそれからでも遅くない。３つの口座から引き出されると、老後資金はほぼゼロになるわけで、恐ろしすぎるその可能性と向き合うのを、先延ばししたい思いもあった。

クローゼットに下がっているコートのポケットを、はしから順に握っていく。このひと月に着た覚えのあるなしにかかわらず。四角く固いものの手応えにハッとしたが、どこかの店のポイントカード。次いでカバンのポケットをひとつずつ探り……あった！　力が抜けてへたり込む。

捜索をはじめて1時間。部屋の中はすぐに寝られないほど散らかっていた。しょっちゅうは使わないけど、ないと大ごとなのは他にもマイナンバーカード、パスポート、保険証券、土地の権利書、印鑑登録証、実印などいろいろ。皆様のお宅では、しまったつもりのところにあるでしょうか。

ときどき魔法

北欧の民話に出てくるような妖精が、わが家に住んでいるのではと、考えたくなることがある。ものを隠したり、置き場を変えたりして困らせる、いたずら好きの妖精が。メルヘンな気分でいるのではない。そうとしか解釈できない事象が、わが家では頻繁に起きるのだ。

先日はティッシュペーパーを補充しようとして。

木製のティッシュボックスを、各部屋に置いている。ペーパーはソフトパックをまとめ買い。紙箱がなく、薄いポリ袋のようなもので、ひと箱ぶんずつ包装したもの。ストックし、頃合いをみてボックスに詰め替える。

その日も、ストック場所へ掃除機を取りにいったついでに出し、パックのまま各部屋に置いて回る。掃除が終わって、さあ、詰めようとなったとき、寝室のひとパックが、ない。椅子の上に載せたはずが、忽然《こつぜん》と消えている。

整理整頓好きの私の部屋。どこかに紛れ込みようはない。スマホや眼鏡ならまだしも、あんな大きなものが。「魔法だわ」。

椅子の上に載せたというのは錯覚か。ベッド、枕の下、毛布の下まで探すが、見当たらず。「まさか、こんなところにわざわざは入れないよな」と思う、引き出しの中も同様だ。

そもそも寝室へ持ってきたというのが、錯覚か。他の部屋にある個数とストックの残りから計算すると、やはり持ってきてはいる。

深追いせずとも、ストックからまた持ってくればすむことはすむ。だのに突き止めたくなるのには、シニアならではの恐怖心があるのだ。度を越したもの忘れは、日常生活の自立を脅かす。その域にさしかかってはいないかと。

翌朝、カーテンを開けたら、その下にあった。一心に掃除機をかけるうち、覚えず椅子を動かして、するりと滑り落ちたのだろうというのが、合理的な説明だ。

さらに謎な事象が起きた。お茶を淹《い》れようとすると、ポットやカップをいつも載せるお盆がない。キッチン内を例によって「こんなところにわざわざは」と思うところまで探す。電子レンジと壁のわずかな隙間、背伸びしてようやく届く冷蔵庫の上。

仕事中お茶を飲んで、そのままだとか？　仕事部屋やそことキッチンの間の寝室、洗面兼トイレ、まさかの浴室まで覗くが、同様だ。

Ａ３サイズの長角盆。ティッシュペーパーよりさらに大きく、見失う方が難しい。「妖精のしわざ以外に考えられないわ」。

捜索をあきらめ、お盆なしで過ごしたが、不便かつ不安であった。

まる1日が経ち、冷蔵庫のいちばん下の段から、食品を取り出そうとして、目を疑う。食品整理用のトレーの下に、件《くだん》のお盆が重なっている。何を思って私は、こんなところに⁈

整理するためトレーをいったん冷蔵庫から出した、そのときたまたまお盆の上に置き、戻す際考えごとか何かしていて、お盆ごと入れたというのが、かろうじてつく合理的な説明だ。

1日入れてあったお盆は、木製ながらよく冷えていた。

妖精の正体はたぶん、無意識というヤツ。それとも別な妖精が、わが家に住んでいるのだろうか。

妖精がついてくる

ものを隠したり置き場を変えたりする、いたずら好きの妖精が、わが家に住んでいるのではと、前回書いた。よほど懐かれているらしく、家を出ても、よくついてくる。あるいは仲間の妖精たちが、行く先々で待っているのか。

近くのホテルのコーヒーラウンジにて、所用で2人と面談中。感染防止のため、広めのテーブルの三方に距離をとって。

2人がそれぞれ隣の席に置いているバッグとコートが、ふと目につく。私の隣にはバッグのみ。私のコートはいったいどこへ？

待ち合わせはロビーであった。2人の他のもう1人が、密を避けるため挨拶のみで帰られた。先に着いた私は脱いだコートを腕にかけており、名刺交換の際ソファに置いて、まさかそのまま忘れてきた？　ロビーのソファにとり残されたコートが、目に浮かぶ。

落ち着け。ラウンジのレジ前を通るとき、たしかスタッフに声をかけられた。「コートをお預かりしましょうか」。感染防止のため持ち込まない方がいいのかと深読みし、渡したのだった。

ほっとしたのも束の間、次の不安が。預けたなら引き替えのタグが必要になる。それはどこへ？

すぐ出すものだから、そんなに奥へはしまわぬはず。バッグのへりのポケットだろうと、話の流れで手帳を取り出す際、さりげなく探るが、ない。

焦る私。さっきから話していても心ここにあらずだ。妖精に翻弄されている。

話がすんで2人がコートを着る間に、私は服のポケット、インナーバッグ、財布の中……。あった、ファスナー付きキーケースの中。なんでそんな複雑なところへ入れたのか。

自分の頭のプロセスをたどる。家からは自転車で来て、ホテルの駐輪場に停めた。機械から取る駐輪券は、ホテル内の店のレジで、処理を受けないと。なくさぬようキーケースに、自転車のキーとともに入れ、同じくレジで入り用になるコートのタグも、スムーズに出せるようひとまとめに……全然スムーズではない！

私は用意をするタイプ。後でよかれと考える。それがしばしば逆効果に。

ロビーでの名刺交換もそうだった。行ってすぐ挨拶になるからと、名刺入れをいつものインナーバッグから、服のポケットに移しておいた。いざその段になると、習慣的にインナーバッグに手をのばし「な、ない」と内心慌てたのである。

シニアの男性がよく、街中なのに釣りのベストのようなものを着ているわけが、理解できる。あれは「着るバッグ」なのだ。

ポケットが前面に集中しているから、ものを出す際両手で胸を押さえれば、どこに何があるか瞬時にわかる。妖精に振り回される暇がない。

反対に通販でよく、ポケットが多数のバッグを、仕分けができるからものを探さなくてよく便利、とうたっているが、あれは私には不向き。どこにしまい込んだか、いよいよ迷宮入りになる。

出かける先で会う妖精の正体は「考えすぎ」だ。手を拭いた後、単純にバッグに放り込むハンカチなど、行方不明になったためしがないのだから。

100円ショップの迷宮

出かけない習慣がつき、生活は単調だ。日頃の行動範囲は、自宅、スーパー、ジムの3地点。仕事に行っても、どこへも寄らずまっすぐ帰る。家が好きなので苦でないが、刺激の少ない日常ではある。

100円ショップには2年ちょっとぶりに行った。新型コロナウイルスの拡大当初、たまたま通りかかり店先にあったマスクケースに「これは要るな」。プラスチック製で、使ううちにひび割れ、同じものを買おうと再訪。そこで、はまった。

店先になく、探していて知ったのは、その店の奥の深さと広さ。前回は入口近くのレジで用をすませてすぐ出たので知らなかったが、2階と地下にも売り場があり、計3フロアにわたって展開されている。品揃えは豊富で、かつ痒《かゆ》いところに手の届くような便利さ。冷蔵庫の扉裏に取り付け、チューブ類を立てておけるポケット。便器のふちの下のカーブに沿い、汚れをこすり落とせるブラシなど、見るもの見るもの「こんなものがあったのか?!」。家好き、整理整頓好きの私にはたまらない。

特に目をひいたのは、味付け卵を作る容器だ。はじめは、どう使うかわからなかった。上から見ると単なる、シール蓋付きの四角いプラスチック容器。サイズは卵4個が縦に入るくらい。下半分が卵ケースのように、個々に丸く分かれている。

味付け卵は、中華そばなどにときどき載っている。白身が醬油色に染まったもの。煮て作るのかと私は思っていたが、ゆで卵を汁に漬ければできるらしい。そしてこの容器の形状だと、漬け汁の無駄が少なくすむのである。本当にできるか、試したい。

気がつくと店に入ってから30分以上過ぎていて、驚きレジへ。100円ショップはひとつひとつの商品説明を読み込むので、時間の経つのが嘘みたいに速い。なんだかんだ買ってしまい、レジでの支払いは2000円超。しかも、かんじんのマスクケースは忘れていた。

味付け卵は、本当にできた。めんつゆに似た味の汁を作って、冷蔵庫で1日漬けたら、白身がいい感じの醬油色に。「これ考えた人、天才だわ」。作っておくと、卵を一回一回調理せずにすみ、楽である。手放せない。

「あったらいいな」を形に、的なキャッチフレーズをよく聞くが、自分ではアイディアのわかない私は「あったから、いいな」と思う方。「必要は発明の母」でなく、発明が必要を生む方である。

ただし2000円ぶん買った中には「なくていいな」とわかった品も、何とは言わぬがあったことを付記しておこう。安さは、財布の紐を緩める魔力がある。加えて私は、刺激の少ない日常からいきなり、めくるめく便利グッズの殿堂へ迷い込んだ興奮で、冷静な判断力を失っていた。

次はゆったり時間をとって、3フロアーを心ゆくまで巡りたい。財布の紐を締めておくよう気をつけながら。

キラキラ拭き掃除

掃除道具を更新している。マイクロファイバーのふきんをキッチンで使ってみたら、予想以上によく、洗面台の水栓や鏡もそれで拭くようになり、家の中のキラキラ度が上がった。

次に試したのはアミたわしだ。掌サイズに作られた、太くて固い繊維のネットで、キッチンスポンジのように使うもの。繊維に汚れをかき取る力があるのだとか。マイクロファイバーのふきん同様、特定の商品を指すのではなく、いろいろなところから出ていて、スーパーや100円均一ショップでも売っているくらい。

手ざわりは、粗めの洗濯ネットのよう。食器洗いに使うと、持ったときの厚みや弾力はスポンジに比べて頼りないものの、汚れ落ちは申し分ない。乾きは、スポンジより早い。折しも暑さで雑菌が繁殖しやすい季節、アミたわしを主に使う。食器洗い用とシンクの掃除用にひとつずつ、キッチンに備えて。掃除の方で特に効果があった。

シンクの排水口周りは茶色っぽくなっている。ぬめり汚れが溜まる部分だ。スポンジに磨き粉をつけてこすっても取れず、これはもう表面に付着している段階を通り越し、シンクの材質にしみ込んで染まってしまったものと思っていた。

アミたわしに替えてからも、シンクの掃除をする際に、惰性でそこもこすっていたら、意外。なんだか茶色が薄くなってきたような。これが繊維のかき取る力？

効果を感じると精が出る。シンクを毎日掃除するようになった。排水口周りを含むシンクの底、へり、四隅、水栓のつけ根まで、一日の最後にアミたわしでこする。おかげでシンクはぬめり知らず。ネットでよく「××さんのルーティンがすごい！」などと題する動画で、著名人の片づけの習慣などを紹介しており、私は「毎日ここまでやるとは」と感心していたが、シンクに関してはあれに近い域に達しているかも。アミたわしには洗面台用や浴室用もあるそうで、そちらも購入。家の中のキラキラ度はさらに増した。

拭き掃除を頑張ると、疲れることは疲れる。どれも前かがみでこする作業、腕や肩に力が入る。浴室の掃除では、しゃがむ姿勢が加わるから余計つらい。ときどき腰を伸ばし叩かずにいられない。

あるときふと思った。「足でよくない？」。立ったまま、片足でしかと床を踏み、両手で壁につかまって、もう片方の足をアミたわしに乗せて、すいすいと滑らせる。この方法は格段に楽。スポンジほど厚みと弾力のないのが、足で操作するぶんにはかえっていい。

小学校のときの拭き掃除なら「行儀が悪い」と叱られるだろう。掃除の修養という面ではよろしくない。他方、体の負担が少ないのが、まめな掃除につながる。しゃがむ姿勢が年々つらくなる今、ここは実利の方をとりたい。

掃除道具のみならず掃除の仕方も、少しずつ更新している。足で拭き掃除する際は、転倒によくよく気をつけて。体重は掃除しない方の足にかけ、必ずどこかにつかまりながら。

汚れをためない「前始末」

汚れはまとめて落とそうとすると、たいへん。小掃除をまめにしていれば……。わかっていてもサッと拭くのができないのは、モノがじゃまするせいである。モノをためないようにすれば、汚れはたまりにくくなる。そしてモノをためない方法が後始末をよくすることなのだ。

例えばこんなことはないだろうか。耳がなんだか痒いけど、耳かきがみあたらない。スーパーに行ったついでに買ってくる。次また痒くなったとき、耳かきのあるはずの引き出しに手を伸ばしても、ない。「どこ行ったんだろう」。やっぱりないと不便だから買ってきて、あるとき家じゅうの片づけをしたら、耳かきが何本も。耳かきがひとりでにどこか行くわけはなく、使った人が元へ戻していないから。

モノの置き場を決めること。後始末の基本となる。

私はかつて、出かけようとして、家のカギがなくて焦ることがよくあった。下駄箱……今はシューズボックスと言っているが、その上にあると思っていたら、ない。探し回れば、前日のコートのポケットに。シューズボックスの上に置いたつもりで、他のことに気をとられ、つい入れていたらしい。

シューズボックスの上では、私にはまだ曖昧すぎる。もっとハッキリした置き場を決めねば。そう感じて、キーボックスを玄関ドアの内側に設置。ドアに磁石でくっつけて、中のフックにカギを吊すものだ。

吊すときは、やはりハッキリと意識する。指差し確認したいくらいに。そうすることでカギがどこかへ行くことはなくなった。

副次効果は、シューズボックスの上がスッキリしてきたこと。モノはモノを呼ぶというか、なにげなく置いてしまうと、そこはそうしていい所のようになり、モノが集まってしまう。カギとともに、とってきた郵便物、新聞、チラシ、電気ガスの検針票、脱いだ帽子、手袋……。「なにげなく」の集積で、シューズボックスの上全面が被い尽くされる。日頃からサッと拭くことなどできない。

その最初の呼び水となるカギを、キーボックスにしまうことで、連鎖を断ち切れた。

「常に定位置に戻すなんて非現実的。玄関のカギならまだできるけど、家の中のあちこちで使うモノってあるじゃない」と思われるかたもいよう。私にとっては鋏がそう。

食品の袋、郵便物、宅配便で来たものの包装、服のほつれからはみ出た糸など、ちょっと切りたいことはしょっちゅう。鋏なしで手でちぎろうとすると、悲惨なことになるケースが多い。

そういうモノについては、置き場を複数設けていい。決めないでただ「そのへんに」というのが、もっとも避けたいことなのだ。

郵便物、宅配便と書いた。実は今シューズボックスの上に置いてある数少ないものが、それらを開封する鋏。モノの呼び水とならぬよう、漫然と置かず、飾り物を兼ねたガラスケースという、ハッキリした置き場を定めて入れてある。

家の中へはモノが絶えず流入する。さきほど挙げた郵便物、チラシ、各種のお知らせの紙、宅配便。新型コロナウイルス感染拡大時、通販の利用が推奨されてから、ますます多くなっている。

誰もがご経験のことと思うが、それらは後になるほど、手をつけるのがおっくうになる。開けないうちに次のが来て溜まっていく。宅配便なんて、自分で購入したものだし、届けてくれた人には申し訳ないけれど、積み重なった箱にげんなりし、開ける気が起きない、ということに。

この連鎖を断ち切るにも、私のたどり着いた結論は、来たら玄関ですぐ開ける、それしかないと。「その場でやらないと、ずっとやらない」自分であることが骨身にしみてわかった。

郵便物は要不要を判断、宅配便は品を取り出し、箱をつぶして、中の資材もプラごみと古紙として出すものに分別、それぞれの置き場へ。

モノの流入口である玄関で、処分するモノとそうでないモノとに仕分けし、行き先を割り振る。後始末に対し「前始末」といえるかも。

前始末では玄関が、整理整頓の要衝だ。モノの水際作戦ということもできよう。新型コロナウイルスを警戒し、外から来たモノにさわりにくくはあるけれど、私は箱や封筒をアルコール入りウェットティッシュで拭くか、さわった後の手を石鹸ですぐ洗うかして行っている。鋏は玄関専用と定めて。

掃除も片付けも、取り組むと断捨離まで含む大きなテーマになる。まずはここに記した2つを試すことをおすすめする。

これがハウスダスト

不覚にもダニに刺されてしまった。朝起きたら二の腕中心に発疹ができていて、たいそう痒い。

皮膚科を受診したところ、虫刺されの薬を処方され、今の住宅はダニに最適な環境なので、寝具をよく洗濯、掃除するようにと。

「掃除、命」とは言いすぎでも、家を愛しきれいにしてきたつもりの私は大ショック。寝具はまめに洗濯し、掃除機もしょっちゅうかけて、埃《ほこり》を目撃したのが掃除機の音のはばかられる夜なら、粘着ローラーでサッと捕捉。宵越しの埃は持たない、を原則としている。こまかな塵《ちり》は24時間運転の空気清浄機で吸い取り「ハウスダストって何ですか？」という感じであった。

ダニの可能性を指摘されても、にわかには信じられず「ほんとうに？　寝ている間に毒グモでも換気口から侵入したのではないの」。

だが冷静に考えると、洗濯はカバー類やケット、シーツとその下の汗取りパッド止まりだ。さらに下の体圧分散シートやベッドマットは掃除も洗濯もしていない。潜んでいるなら、そのあたりだ。

思い出すのは、前に掃除機を買いに大型家電店に行ったとき。売り場の一角に寝室を模したコーナーが設けられ、販売員がそのときの推しとおぼしき掃除機をデモンストレーションしていた。うっかり立ち止まった私に、じゅうたんだけでなく寝具のダニもよく取れると説明し、ベッドの上を滑らせる。

あんまり強くすすめるのでつい防御的になり「わが家にダニはいません」。キリッと胸を張って断言したのが、今となっては恥ずかしい。弁舌巧みな販売員がよく「ダニのいない家はありません」と突っ込まずがまんしたものである。

心を入れ替えた（?）私は新たに掃除機を購入した。布団専用の掃除機で、高速で振動するヘッドが、繊維の間からダニやそのフン、死骸などを叩き出して吸引するという。これらがまさに塵と並んで、ハウスダストの成分だ。昔親が干した布団を、何が憎くてと思うくらい、繰り返し力いっぱい叩いていたわけがよくわかった。

専用掃除機の場合、強く押しつける必要はなく、ゆっくりと滑らせればいいそうだ。ベッドの幅1往復に10秒くらいかけるつもりで。

やってみて感じたこと。巧みに弁舌をふるいつつ軽々と操作していた販売員を、遅ればせながら尊敬する。2キロちょっととは言いながら、片手で支え続けるにはつらい重量だ。ベッドの上に身を乗り出し、均一の速度と圧を保ちながら動かしていく姿勢も、腰に来る。はじめは少々憂鬱だった。熱中症のこわさが身にしみて以来、エアコンの調節に気を張って、シーリングライトの取り外しに難儀し、将来の電球交換が思いやられたところだ。その上、不慣れな掃除機と格闘していかなければならないなんて。

が、意外にも面白くなる。

掃除機にはセンサーがあり、ダニ・塵の多さに応じて刻々色を変える。緑なら「よし」とうなずき黄色で「ん？」。赤だとムキになり何度も滑らす。コミュニケーションと呼ぶほどではないけれど、相手の反応が「掃除魂」を刺激するのだ。寝具にしわがあると赤を表示する癖が、相手にあるのもわかってきた。

ゆくゆくはたいへんになるだろうが、当面は楽しめそうだ。

虫のいろいろ

寝室でダニに刺されてから、虫と暮らしについてしばしば考える。ゴキブリとコクゾウムシには前々から対策していた。その上ダニが加わるのか。虫の入る隙間の少ない今の住宅でこうだから、昔の家はたいへんだっただろう。

「だから燻《いぶ》していたのです」と博識の知人。伝統建築として公開されているような古民家では、柱や梁、屋根裏まで囲炉裏の煙で真っ黒だが、あれは虫を燻し出す効果があったのだと。

現代版「燻し」といえば、薬剤を噴霧する燻蒸剤か。ダニを駆除でき、寝室に使えるというものを買ってきた。小鳥や観賞魚、鉢植えは部屋の外へ出すように、1、2時間閉め切った後充分換気するようにと注意書きにあり、それなりの害はあるのだろう。

留守の間に実施できれば理想的だが、火災報知器には反応しないというものの、ガス漏れと感知し警報音が鳴り響いては困る。在宅ワークの傍ら行うことに。仕事部屋は寝室の奥。トイレへ行くにも宅配便が来て玄関へ出るにも、寝室を通る。リビングで仕事する態勢を整えてから、寝室の準備。

霧がなるべく行き渡るよう、ベッドから布団を剝がし、クローゼットの扉を開けて引き出しを段々にし、空き巣が荒らしたような状態を作る。床に置いた缶のペダルを、顔を背けたままつま先で押すや、シューッと音がし、振り返らずに退散。2時間後、マスクと眼鏡で防御し寝室へ。呼吸を止め、足の踏み場に迷う中、どうにか窓までたどり着き、ハーッと息をつく。

ここからまたひと仕事。ダニの死骸を放置するとそれを食べるダニが来るので、掃除機を念入りに。おそれたのは想定外の虫や小動物の死骸がわんさか転がっているありさまだが、それはなかった。

ものものしいことである。ダニの痒みは深刻なので、駆除が必要とは思いつつ。

子どもの頃に住んでいたのは木造家屋で、クモがよく出た。クモの子を散らされると大騒ぎで追いかけたが、ただいる分には構わずにいた。「家の中のクモは殺すな」と聞いていた。例の博識の知人によると迷信や縁起かつぎではなく、ハエやダニを食べてくれるから。家を守るとされるヤモリも、ゴキブリの子を食べるそうだ。

虫に悩まされつつ虫の力も借りて、今より穏便に虫と暮らしていたのかもしれない。

犬と暮らせば

ペットを飼う人が、コロナ禍では増えたという。わかる気がする。私もかなり心が動いた。柴犬が好きで、前から写真集はよく眺めていたが、巣ごもり中にインターネットで動画も見はじめ、柴犬との暮らしに憧れたのだ。

が、現実問題、虚弱な私は、散歩が必要な点でまずひるむ。むろん私より高齢で犬と散歩している人は、よくお見かけし、むしろそれが健康のモトとなっているようだが、一年365日の間には風邪やぎっくり腰で寝つくこともあろう。ただでさえ狭いわが家。犬が運動不足になりそうだ。

風呂に入れるのや動物病院に連れていくのも、たいへんそう。特に柴犬は遺伝子的に狼に近く、しつけが難しいと聞く。気力、体力とも「私には無理」と判断。代わりに動画で柴犬との暮らしを疑似体験している。

投稿サイトに上がっている動画には、効果音やテロップ付きなど、凝った作りのものが多い。先日たまたま見たのはおそろしくシンプルで、逆に目立った。映るのは、抜け毛の付いた古布の上で、気持ちよさげに目をつむっている柴犬のみ。タイトルも単に「犬　寝言」。柴犬とすら言っていない。

はじまって数秒後の柴犬の第一声に、爆笑してしまった。「ム、フ?」。人が何か含み笑いをしたような。威勢のいい吠え声とは似ても似つかない。ついついリピート。

耳をすませば背景には、風音、木々の擦れ合う軋《きし》み、キキキ、カアカアと小猿や鳥の鳴く声が。「室内なのになぜに環境音、それも熱帯雨林の?」と訝《いぶか》しみ、やがてわかった。犬を囲む家族が笑いをこらえているのである。声を殺し、息を荒げて、ついに噴き出す。抜け毛の付いた古布は、お父さんのスウェットパンツの膝なのでは。

芸も何もない30秒ほどの動画の再生数が、驚異の500万超え。しかも日ごとに伸び600万に迫る勢いだ。毎日リピートする人が、私以外にもいるらしい。

コロナ禍でペットを飼いはじめたものの続かず、飼育放棄に至る残念な例も、少なくないという。そう聞くにつけ、犬が家族の中心にいると確かに感じられる動画に、ますますひかれる。

草の匂いの飛行場

調布飛行場は東京の内陸部にあり、都下の島々との間をプロペラ機が日に数便往復する。三方はなだらかな緑地や運動公園だ。

北側の緑地の一角に自転車を止めた。平日の夕方近く。斜めに差す日はまだ明るい。水鳥の憩う池の面がきらきらと輝いている。

池の向こうは金網で、そのすぐ先が滑走路だ。コロナ禍になってから、何度か来ていた。搭乗のためではない。出口の見えない閉塞感の中、開放感あるこの風景にひととき身を置きたく、家からペダルをこぎ続けて。

周囲に人のいないのを確かめ、マスクをはずす。草の匂い、乾いた土の匂い、何かの穂の熟れる匂いが鼻孔に流れ込んでくる。

南の空に小さな機影。この後、私が背中にしている森の上で旋回しながら高度を下げ、北側から滑走路へ進入するのだ。

ほどなくプロペラ音が近づき、翼が梢にふれそうな低さで現れ、頭上をかすめ、金網の中へ滑り込んでいった。

公園から途切れ途切れに耳に届く放送。風向きにより、聞こえたり聞こえなかったりする。切迫度もときによって違う。あるときは「緊急事態宣言発出中……命を守る行動を……」と呼びかけていた。穏やかな池面に水鳥が憩い、定時運行のプロペラ機がエンジンを静かに止めて翼を休める。目の前の光景と、「命」に関する注意喚起との乖離が、非現実的ですらあるけれど、あの頃はそれが現実だったのだ。

新型コロナウイルスの感染第5波では、重症者以外は自宅療養が基本とされ、悪化しても受け入れ先がなく搬送できない事態、救急車そのものが出払って要請に応えられない事態が起きていた。自宅で死亡したケースが日々報じられた。

自宅療養者の往診にあたる医師の声は語った。本来なら人工呼吸器を付けるような患者が、酸素ボンベで苦しい息をつないでいる。その家のドア一枚を出れば、人々が街をふつうに歩き店も開いている。異なる二つの世界を往き来しているようだと。

自転車のハンドルを再び握るとき、コロナ禍以来常にどこかにある緊張感が掌を走る。事故に遭ってはならない。感染の波のさなかでは、特にそうだった。救急車は要請すれば来ると思ってはいけない。「二つの世界」を隔てるドアは、ガラスのようには透けないだけで実はとても薄く、もろいのだろう。いつ何の弾みで破れ、向こう側へ転げ込むかわからないほどに。

「死は常に隣り合わせにある」といった大きな真理で括ることはすまい。「災害時に等しい」といわれた医療の逼迫《ひっぱく》を招いたのは何か、避けられなかったのかどうか。コロナ禍以降にとどまらず、医療へのコストと人的資源の配分をはじめとする、長い期間の政策を含めて、検証されなければ。不要不急でありながらここに来ていた私の行動も、医療を圧迫し得るものとして、問われるべきひとつだろうか。

まずは事故に遭わずに帰り着く。そのことに集中する。

銭湯に流れる時間

とある平日、少し遠出し大田区の銭湯へ入りにいった。同区は都内でもっとも銭湯が多く、海洋性の温泉が豊富にわくところでもある。都の浴場組合のサイトに画像のあった、ステンドグラスのきれいな銭湯に、特にひかれた。自宅から1時間余の、ちょっとした旅。色ガラスの光を鑑賞するには昼間がいい。

開店早々の15時過ぎに行くと、えっ、こんなに人が?! 男湯と女湯に分かれる前のお休みスペースでは、長椅子に腰掛けたかたがたが、テレビを見ながらニュース談義。彼らが背にする窓がステンドグラスだが、予想外の盛況ぶりの方に私は気をとられてしまった。自宅周辺の銭湯は空いており、レジ前で10円玉ひとつ取り落としても、カツーンと床に当たる音が響き渡るほど、静かなのだ。

女湯の中も賑やか。18あるカランは埋まり、浴槽にも人がいる。年齢構成は、70代が7割、50代2割、20代1割といったところか。ふだんから来ている人は、動線と視線の無駄のなさでわかる。「密」の回避や「黙」が呼びかけられていない頃。「おととい定休日なの忘れて来てさ」「あるある。2軒目も休みで、どうしても入りたかったもんだから、羽田の方まで行っちゃった」という会話も聞こえる。

浴槽の湯は日本茶のような色で、ぬるりとした肌ざわりがいかにも温泉。旅に出かけずこんなお風呂に入れるなんて！　この辺りに銭湯が多いのは、温泉地によくある「公衆浴場へ通う習慣」がまだ残っているからでは、などと思った。

お休みスペースに戻ると、大学生という男子から、卒論のためのアンケートを依頼される。地域振興の研究で、銭湯の数が減少しているが、外国人観光客とつなげて活性化できないかと考えているそうだ。なるほどここは羽田空港と近いし。

回答の後、銭湯が減少しているのはなぜ？　と学生に逆質問すれば、後継者不足と、客数の減少による設備更新の困難を挙げた。創業は古いらしいがリニューアルして間がなさそうなここは、覚悟の上で賭けに出たのだろうか。

私が学生の頃はクラスの地方出身者のほぼ全員、銭湯通いだったと話すと、「えーっ、えーっ」と2回言って驚いていた。「往時を知る人の話」として卒論に引用されるかも。40年近く前。彼が生まれるよりとうに昔のことなのだ。

世代間の交流をはからずも体験した銭湯である。

懐かしのヒット曲

日中の空いた電車の中で聞こえた声に顔を上げる。「オレなんかの頃は、松任谷由実や竹内まりや。知ってる?」。ドア付近に立っている2人連れの男性の年かさの方だ。白髪の混じり具合と目周りの皺からして、おそらく私と同年代。流行りましたものね、80年代。「知ってる?」の質問は相手が気の毒。われらの子ども世代より若いであろう、おとなしげな男性だ。かしこまったようすからして、部下かあるいは取引先か。少し眉を寄せ目を斜め上に向けて、しぼり出した回答が「ユーミンて人ですよね」。

ピンポーン。心の中で正解ブザーを押す私。「知りません」で終わらせず、懸命に考えるようすがいたいけだ。話をなんとか合わせようとしている。

「そう。結婚前は荒井由実っていったの。松任谷は旦那の姓。今でいう職場結婚だな」。なんてことない話を付け加えるのは、年長者の方も若者をくつろがせ、よい関係を築こうとつとめているのか。

「竹内まりやは知ってる?」。あ、ダメです、コミュニケーションをとるのに謎かけ方式は、プレッシャーを与えて逆効果ですって（最悪の質問は「私、いくつだと思う？」）。若者はしばしば口をつぐんでから「金髪の人ですか？」。

ブー。心の中で残念感とともに鳴るブザー。努力賞は上げたい。無言のままスマホを操作し「この人ですよね」と画面を示す対応もあり得るが、逃げずに問いを受け止めた。

その姿勢は年長者にも通じたらしい。「き、金髪にはしていなかったと思うなあ」。否定の仕方はやわらかで、かつ、会話のつながるきっかけを残す。「その人も職場結婚。山下達郎って人といっしょになったの」。

マスクの内で思わず噴いた。よもやま話で結婚とか配偶者とかに言及してしまうのも昭和っぽいというか。個人情報や多様性の尊重の観点から、今だと控えるそうしたことを、昔はふつうに聞かれたものだ。

弾んでいるとはいえない2人の会話だが、それはそれで温かい印象だった。

話が変わるようで続くのだが、私がよく出るダンスフィットネスは、先生が曲を選ぶ。ウォームアップが先生の個性の発揮のしどころで、思い思いの曲を使ったメドレーを作ってくる。

ある先生は毎年夏になるとサザンオールスターズ。「刺さるー」。流れてきたときの私のつぶやきを、隣の男性が耳ざとくとらえ、自分の胸を指し「オレの青春」。「同じです」

「えっ、そんな年？」「もうすぐ還暦」。「黙」でなかった頃のジムである。

評判の先生に、愛らしい顔の若者がいた。いちど参加してみると、ウォームアップはマイケル・ジャクソンやマドンナを多用。常連の女性によると、ルックスのみで彼を支持するのではないそうだ。いわく、あの子の年でそれらの曲をリアルタイムで聞いているはずはない。今の人たちの音楽とはいろいろ違い、彼本人がノリやすいわけではないだろうけど、私たちをよろこばせようと過去のヒット曲を研究している「そのプロ意識がえらいと思うのよ」。

世代間のギャップを認めつつ、歩み寄ろうとしてくれるのを敏感に察知し、それがうれしい年頃である。

紙とデジタル

インターネットで調べ物をするようになり20年以上経つが、いまだに紙を頼りにしている。検索し、これだと思う記事に行き当たっても、画面で読んだだけでは、距離感があるといおうか、自分の内に取り込めた気がしない。印刷し、紙の上で線を引いたり丸をつけたり、自分なりの痕跡を残して、ようやく「わがもの」にできたように感じられる。

インターネットで本を購入する際、紙か電子書籍かを選べることが多くなった。電子書籍は価格が安く、場所取らずだ。それでも電子辞書以外の本は、すべて紙の方を買っている。

造本の美しさを鑑賞する愛書家では、私はない。作った人には申し訳ないが、むしろ本は「汚す」。自分にとってだいじなことが書いてある本ほどそうだ。

だいじなことを理解するには、集中力が要る。私は気が散りやすく、目で字を追うだけでは、なかなか頭に入らない。そこで手を動かし、助けを得る。

だいじそうな箇所に線を引き、頁の端を折り、特にだいじなところは折り方を深くして。

文字の書き込みもする。この章では3つの原因が説明されるようだったら、頁の余白に「原因3つ」とまず記す。「第一に」「次に」など、原因の1つ目、2つ目を示す言葉が出るたび、丸で囲んで、自分に注意喚起。2つしかないのにその章が終わってしまったら、どこかにあったのに見落としたのだろうと、戻って探す。そのように理解や記憶のとっかかりになるものを、なるべく多く設けておく。

本は立体であることが、さらなる助けだ。「結論めいたことを言っているが、まだ3分の2のところだから、最終結論ではないな」など全体の中の位置付けを、厚みによって常に把握しながら読める。視覚だけでなく、触覚でも情報を取得しているのだ。

理解や記憶における紙の優位性を、私は実感し伝えようとしているが、どれほど説得力を持つだろうか。紙になじんだ世代の単なる習慣かもしれず、幼少期から端末に接している世代には、画面の方の優位性や、私の知らない利点があることも考えられる。

東京大学の酒井邦嘉教授たちによる研究は興味深い。18歳から29歳の参加者が、紙の手帳、タブレット、スマホと異なるメディアを使用し、メディアにより脳の活動に違いのあることを、定量的に測定した。

デジタル教科書の２０２４年度の本格的な導入が目指されている。脳科学の知見をふまえた検討を待ちたい。

そろそろナビアプリ

都心の街を気が急《せ》きながら歩いていた。人と会う用事の場所は、この辺りのはずだけど。道を1本間違えたか。スマホのナビアプリは使っていない。老眼で見づらいのに加え、カーナビに対する不信もある。タクシーで運転手さんがナビに従い、とんでもない遠回りをしようとした経験が何度か。ベテランふうの運転手さんに話すと、「今の人は初めからナビ頼りだから」。カーナビは基本的に幹線道路を優先して案内するそうだ。「僕なんかは地図が頭に入っているからね」。

私も地図派。線で示されても、たどっていけば本当に目的地に近づくのかどうか不安だ。面でとらえていれば「方角は合っているはず」などとわかり、不測の事態でも修正が利く。「思考停止し機械の言いなりになるのはイヤ」と意固地になっているところも。

はじめてのところへ行くときは、前もって地図を印刷。駅へ降りたら出口を背にし、地図を自分の向きに合わせ「ここから2本目の角を左折すればいいわけだな」と把握してから歩き出す。

その日はなぜか、その方法でみつからず。八つ当たりを承知でいえば、ネットでとれる地図はわかりにくい。コンビニの看板など、その場に立てばいちばんに目につくものが載っていなかったり、建物の前まで行って探さないと見えないビル名がやたら詳しく出ていたり。無料で利用しているので、文句を言える筋合いではないが。

焦燥感にかられつつ思う。「スマホのナビアプリをそろそろ使うべきかも」。老眼で見づらいのは地図も同じ。機械の言いなりになるのは……などと昔気質《むかしかたぎ》の人のように突っ張って、遅刻で人に迷惑をかけてはしょうがない。

その一方さっきから同じグループと何回もすれ違っている。スマホを手にした若者らがきょろきょろと。同様のグループが他にもいくつか。

私の心が妙に落ち着く。ナビアプリでも迷うときは迷うのだ。

結局、地元の人に頭を下げて聞くというアナログな方法で判明。並木通りか。通りの名を地図にも書いておいてくれればいいのに。そう思い、後でネットを再度見たら、ちゃんと書いてあった。私が老眼への対応で、あまりに拡大したために、通りの名を記載した部分が、印刷範囲からはみ出たらしい。

2種類の倍率の地図を準備する。迷う時間も考えに入れ、余裕をもって出かける。この2つを次は試そう。

出先で、もしも

首都圏の急行列車の7人掛けの席に座っていた。ひと駅ごとに乗り込んできて、通路は人で埋まっていく。

終点のひとつ手前の駅に着いて間もなく、異変は起きた。奇声と金属製のものを叩く音。向かいの7人掛けの前に立つ男が、荷物棚にリュックを打ちつけながら怒鳴っている。口論の相手らしき人はいない。

無差別殺傷事件が、誰の頭をもよぎっただろう。連続して起きており、いずれも急行。降りようか。腰を浮かせたところで、ドアが閉まる。

列車が走り出してからも声と音はますます激しくなる。聞き取れたところでは、押されたことに憤っているようだ。向かいの座席の人は消え、通路の人も詰められるだけ左右へずれ、男の周囲だけ空間ができている。

男の背中側にいて遮るもののなくなった私は、脂汗をかきながら考える。男の手には刃物も液体の容器もない。押されたことが原因なら、計画性はないはずだ。

が、制御できない怒りが物でなく人に向けられたら。リュックかポケットから刃物を取り出すかもしれない。離れたいが、移動するには男のすぐ後ろをすり抜けねばならず、刺激してかえって危険だ。

非常通報ボタンが押されるか。いや、「大きな声を出す人がいる」だけでは列車を緊急停止させる理由にならないか。そこにいる人のほとんどが、判断を迷っていたと思う。会話を交わす人も、スマホに目を落とす人もなく、男の挙動へ神経を集中しているのが伝わってくる。

終点までのわずか4分をこれほど長く感じたことはない。いざというとき盾にして体を守れるよう、膝の上のスポーツバッグの両端を、きつく握り締めていた。

終点で降りると男はなお怒鳴りながら、ホームの人を分けていく。大きな声を出す人はたまにいるのだろう。「変わった人」ですむのか「犯人」に変わるのかわからない難しさを、実際に乗り合わせて感じた。

放火未遂や刃物で人を脅すなど、類似事件が後を絶たない。鉄道会社が対策を講じても防ぎきれない、事件を起こす人には孤立や不遇感が共通で、根にあるそうした問題への取り組みが求められるという。

取り組みの必要はわかる。しかし今日乗る列車の話は別だ。非常通報ボタンの位置を確認する、周囲に注意する、もしものときはカバンや座席を盾にするくらいが、自分にできることだろうか。

列車に限らない。バス、フェリー、エレベーターなど、公共の乗り物は「動く密室」でもある。安全な空間とは限らないという認識を、残念ながら持たねばならなくなっている。

財布を忘れて

宅配便を出しにコンビニへ。家から徒歩でもすぐだけど、夜遅いので自転車で行く。コンビニは久しぶりだ。

この時間帯でもレジ前には列が出来ており、待つ代わりに店内を回る。五輪期間中、海外から来た記者が話題にしていたスナック2品を、遅ればせながら探し当て、荷物と記入済みの伝票とともに手にして、列に並んだ。

レジ係は人形のような睫《まつげ》をした若い女性。受け答えも動作も、ふわふわしてなんだか頼りない。荷物へのメジャーの当て方は、3辺ともことごとく斜めで「もっとまっすぐ！」と言いそうになる。斜めだと長くなり、3辺の合計により区分される送料に影響するのだ。

「午前中着でお願いします」と言い、伝票にもそう書いたのに、パネルに「指定なし」と表示され、打ち直してもらう。なにかと危なっかしいのである。

「レジ袋は要りません」と私。スナック2品は、財布類を入れてきた小ぶりのバッグに押し込めそう。送料に2品をプラスして「金額がよろしければタッチして下さい」。パネルを示すレジ係。

そうか、しばらく来ないうちにお金の授受をしない方式になっていたのか。客の方はタッチしてお金を入れ、おつりとレシートを取って財布にしまい、買ったものをバッグに詰めてと、することがいっきに増える。おっと、宅配便の受付票も忘れずに。

慣れないのと人が待っているのとで焦って、余計手間取る。荷物に伝票を貼り終えたレジ係が、無表情で見ているのもプレッシャーである。

家に着き、玄関を入ってフーッ。気疲れするコンビニだった。ひと息つくも、なにか違和感。スナック2品の間をまさぐり、あまりにすんなりカギに届いたよう。バッグ内が変に空いている……財布がない！

自転車に再びまたがり、元来た道へ。路面に視線を配るが、ない。レジでの慌てぶりを思うと、途中で落としたより、あそこに置いてきた可能性の方が考えられる。

店の前に自転車を停め、ガラス越しに中の混みようを目にし、絶望した。これだけ人の出入りがある。誰かが持っていったらおしまい。「財布を忘れました！」と一刻も早く飛び込みたいけど、ちょっと待て。騒いでもしもなかったら、店の人を疑うような微妙なことになりかねない。忘れたという証拠はなく、店の人が隠して黙っていることも充分成り立つ状況だ。言い方はよくよく慎重でないと。

列について、順番が来て「あのー、もしかしたら、なんですけど」。口ごもる私にさきの女性は、長い睫を開いて「これですか」。差し出したのは、まぎれもない私の財布。ふわふわして頼りないと思ったレジ係が、純真な天使に見えた。返す前に、財布の特徴を言わせるとか、名前を聞いて中の保険証と突き合わせるとか、もう少し人を試してよいけれど、私の顔を覚えていたと理解して。

他者、とりわけ年少者に対して、物足りなく感じてしまいがちだが、逆にカバーされていることもある。そう深く身にしみた夜。

広まるセルフレジ

セルフレジに出会うことが多くなっている。新型コロナウイルス感染防止対策として、急速に普及したようだ。

コンビニではもはや主流。店員が見つめる前で、機械にお金を入れ、お釣りをかき集め、レシートを抜き取り、財布にしまう。手持ちぶさたそうに待っている間に、商品を袋詰めしてもらえたら、後ろの人を気にして焦らなくてすむのだが……と感じるのは、もたつく私だけだろう。ここまで導入の進んだシステム。後戻りはあり得ない。

他の店でも出会ってわかったのは、コンビニのあれはセミ・セルフレジ。商品を機械に読みとらせるまでは、店員がしてくれる。とある100円均一ショップに入ったら「えっ……」。無人。自分で機械に通すらしい。店内カゴをレジ脇の台に置き、一品一品取り出しては、バーコードを機械に向ける。

不慣れな作業に緊張する。もしうまく通せていなかったら万引きになる。均一をうたいながら200円、300円の商品もあり、消費税も付くので、合計金額が正しいかどうか、わからない。

というか、いくらでもごまかしできてしまわないか？　レジ付近のみならず、目の届く限り店員はいない。

いやいや、そこは監視カメラなどがあり、不正できぬようになっているはず。何たって最先端のシステムだ。

さらに進んだシステムがあった。衣料品の某チェーン店。しばらく来なかった間に様変わりしていて、セルフレジに。

ソックス、インナーなど10点ほど入れた店内バッグを台に置いて、作業にとりかかろうとすると、驚き！　もう計算がすんでいる。バーコードを読みとりやすいよう並べたわけではない。取り入れた洗濯物のように、無秩序に重なり合ったままなのに。

早業にあおられ、慌ててしまう。クレジットカードの挿入口は？　チップ付きとなしとで、向きが違う？　まごまごしていると、店員が近づき教えてくれる。礼を言う際、つい「すごいですね。瞬時に読み取って」と感想を述べた。

マスクの上の目が笑う。思いきり旧世代の反応なのだろう。ファクスなら一枚一枚送信されるところを「メールだと瞬時に届くんですね」みたいな。

なんとかついていかなければ。

停電の半日

停電のお知らせが来た。住まいのある建物の工事に伴い、某日9時から16時まで実施すると。

停電を予告されるのは、東日本大震災後の計画停電以来だ。あのとき父の介護中。影響が心配だったが「風呂や洗濯は前後にずらし、寒がったら布団に入ってもらうなりして、とにかくなんとかするしかない」。一回の停電は3時間40分と限られ、短いとは言わないが、なんとかなりそうではあった。必死で洗濯まで終え、予告の時間になると、防災無線が「停電は中止になりました」。結果的にわが町では実施されることはなかったのだが。

今回は長い。すでにひとり身。家族の心配をしないですむ点、楽ではあるが、朝から夕方までとなると、それはそれでたいへんだ。

「今はなんでも電気だな」。家の中を見渡し、つくづく思う。

エアコンが使えないだけではない。ガス床暖房も、動かすのは電気。食事は弁当か何か買ってきてすますとしても、凍えそうな部屋で冷たいものばかりとるのはつらい。そもそもトイレだ。わが家の水洗トイレにはタンクがなく、従ってレバーもなく、パネル操作によって流す。

贅沢だが、ホテルに1泊することにした。ホテルの部屋には正午までいられる。どこかで簡単な食事をとり、銀行や郵便局などの用事をしたら、ふだんは仕事の後に夜行くジムを、順番を入れ替え、昼間にしよう。風呂まですませて帰れば、たぶん停電の終わる頃。

お知らせの紙には、電化製品のスイッチは切り、プラグを抜いておくようにとある。前の晩のうちにしなければ。

テレビ、ステレオ、DVDデッキ、ひとつずつ。パソコン、ファクス付き電話、インターネットの宅内機器は、取り付けの際業者に接続してもらったものだ。復旧できるといいのだが。電子レンジ、エアコン、換気扇、洗濯機、温水洗浄器付き便座。使わない間もコンセントに差しっぱなしにしてあるものが、こんなに多いとは。

玄関で靴を履いて振り向くと、室内はまっ暗だ。いつもなら消灯後も、光の点がいくつかある。まったくの闇となると、わが家とはいえ心細いものだ。

次の日、明るいうちに戻りながらも、火の気のなかった家はさすがに寒い。何よりも印象的なのは、静けさだ。かつて経験のない無音。

そのとき、ふーっと深呼吸するような気配が。何ごとかと耳をすますと、冷蔵庫がかすかに振動して、低い音を放ちはじめる。昨晩いちばん最後に抜くつもりで、忘れていた。リビングへ回れば、インターホンの室内機器が点灯している。

ふーっというあの気配は、通電した瞬間なのだ。まるで家全体が息を吹き返したような。半日の停電で感じたありがたみ。ほっとすると同時に、災害で何日間も使えなかった人の苦労はいかばかりかと、厳粛な気持ちになるのだった。

老舗ホテルの閉館に

停電に伴い泊まるホテルは、家の近くにした。仕事に必要な資料があれば、すぐ取りに戻れる。

前の晩はぎりぎりまで、家のパソコンで仕事をし、書類と洗面用具をまとめ、自転車の前かごへ。夜の住宅街をこぎ、裏口へ到着。フロントで駐輪券を差し出し、無料になる処理をしてもらうという、あまりない形のチェックインとなった。

書類をデスクへ、洗面用具を浴室へ。新型コロナウイルスで出張がなくなって、ホテルは実に久しぶりだ。国内初の感染者が確認される半月ほど前、都心で1泊して以来か。宿泊券を贈られたため行ってみて、丁寧な接遇と品格ある調度に感動。「こういう大人の安らぎを、ときには持ちたい」と思ったものだ。停電と断水からの自主避難という、別方向からの機会がめぐってきた。

建物は古いが、トイレはまだ新しく、もうすぐ閉館するのがもったいないような。コロナ禍の影響を受け、不採算ホテルの営業を終了すると、親会社が発表していた。

客室数が81と少ない割に、バンケットホールやレストランが充実。集まりや飲食を控えるコロナ禍では、それがきつかったか。

ロビーラウンジでピアノ演奏までしていたのは、この規模のホテルではめずらしいだろう。チェックインすら機械で行うほど、合理化が進んでいる時代に。

同窓会、謝恩会、お宮参りの帰りに館内の写真室で撮影したなどの思い出を持つ人は、地域に多い。館内にはなぜかボウリング場があり、職場のボウリング大会が開かれ、その後レストランで懇親会をしたという人も。休日のビュッフェは、団欒する家族でいっぱいだった。

私は面談のため、ラウンジによく来たが、印象的だった2人がいる。小学3年生くらいの男の子と、年齢や、どことなく似た顔つきからして、祖父らしき紳士。向かい合わせに腰掛け、男の子の前にはグラスに載せたアイスクリーム。脇に動物園のパンフレットがあった。

孫と出かけてひと休みする段になり、子ども向けの店は不案内なため、慣れているここへ連れてきたのだろう。男の子が少しかしこまって、銀のスプーンを握っているのが、ほほえましい。落ち着いた雰囲気のところで、行儀よくお茶や会話を楽しむ、そういう楽しみ方があると、記憶に刻まれただろうか。

広い意味での文化の継承。そういう役割も果たしてきたホテルが、街からなくなるのは残念だ。

地域で昔から親しまれてきた「大人の社交場」といえる店が、この間にいくつも消えていった。客として支えきれなかった私が継承のためにできるのは、マナーやふるまいで大人らしい姿を見せていくことか。しんみりと自問する夜である。

話が合う若者

美容院でよく世話になる男性が自炊を頑張っている。30代のひとり者。外食か弁当ですませていたが、店が早く閉まったり売り切れていたりで、自炊に切り替えたという、コロナ禍によくあるパターンだ。

「カット野菜と小間切れ肉で焼きそばを作りました」など、自炊歴ン十年の私からすると、初々しく微笑ましいメニューである。

彼の仕事は補助的で、上司の指示により、パーマ液をつけたりカラー剤を塗ったり。その間ずっと無言なのも気まずいので、会話を交わす。ちなみに美容院でもマスク着用である。

「最近自炊はどうですか」と聞くと、一瞬手を止め考えて、スーパーで便利なものをみつけたという。「業務用のシメジで、石突きを取ってあるんです」。

石突きは、多くのかたがご存じだろう。きのこの根元の、生えていた場所に接するところ。栽培に用いられるおがくずが、よくついている。

あれを切り離すのが、彼は面倒だったという。炒め物でも汁物でも、カット野菜、小間切れ肉と袋から直に放り込んでいき、シメジの段で、まな板と包丁を使う工程が入るため、勢いを削がれるそうだ。

「わかります。切り方を誤るとおがくずが残って、汁物に落ちたりするんですよね」と私が言うと「そう！　あれ、悲しいですよね」。反応がいい。業務用だと量が多く、持て余すのではと案ずると「いえ。シメジはよく使うんです。だしが出ますから」。

塗布を終えた彼が去ってから、思わず笑った。石突きとか、だしとかいう言葉が、若い人の口から出るとはな。むろん悪い気はしない。世代は違うが自炊を共通項に、話が合っている。

レジの方から、帰る客の甲高い声。「話が合って楽しかったわ。音楽に詳しいんですもの」。音楽通は誰かと振り向けば、んん？　レジに立っているのは自炊の彼。

私は悟った。話を合わせてくれている。どの客も「話が合う」と感じられるよう、相手によってジャンルを変えているのだ。最近自炊は、と私が問うて、石突き取りシメジが出るまでの数秒が、示している。あれはジャンルの転換に要した間《ま》だ。

接客を頑張っている若者。自炊だけでなく本業も、応援したくなるのだった。

まだまだヘアカラー

美容院は4か月ぶりだ。間遠になる理由はいくつかあり、何よりも形が長持ちする。カットが上手なのだろう。伸びてきてもブローで整えれば、それなりにまとまり「もうしばらくはこれで行けそう」と。

2つ目は時間のやりくりだ。衰えてきている髪である。白髪にはカラーリング、ボリュームダウンにはパーマと、することが多く1回あたりの時間がかかる。

3つ目は、残念ながら私がカラー剤にかぶれるため。色を定着させる成分に反応するらしい。頭皮につけない方法で施術してもらっている。髪を少しずつコームですくい取っては、根元を1ミリほどあけて塗っていく。それゆえ時間がかかるのだが、おかげでカラーリングを続けることができている。けれど刺激物に近づく回数が少ないに越したことはないかと、つい控えてしまうのだ。

美容院へ行かない間も白髪は伸びる。それについてはカラートリートメントで対応。入浴中の置き時間がネックだったが、乾いた髪に塗る使い方もできて、私の頭皮のかぶれないものに出会えた。色の選択肢は少なくて、真っ黒を避けると、赤みの多い茶色になる。週1回ほど、洗面台の前で塗布。立ち通し、かつ腕を上げ通しの作業のため、生え際からてっぺんまでで力尽きる。後ろの方は手つかずだ。上の髪がかぶさって、根元の白さを隠すはず。

美容院の心地よい椅子に落ち着くと「カラーリングはいつものお色でいいですね」。さりげなく後ろの髪をかき分けて、状況を確認する美容師さん。「だいぶ伸びましたものね」。接客の丁寧な店である。「白髪」とは口にしないが、その話だとわかる。

どのくらい伸びているかと尋ねると「6センチくらい」。そんなに！　ひと月あたり1・5センチ以上の計算になる。月に1センチが平均的だから4センチ足らずと思っていた。予想外の成育ぶりだ。

カット、パーマ、カラーリングと順調に進み、最後の最後で遠慮がちに聞かれる。「ふだんはカラートリートメントをなさるんでしたね？」。全体に塗るとムラが生じず、カラーリングがよりきれいに仕上がり、理想的だとのこと。

私は察した。耳に痛いことはけっして言わない店。最大限優しくした忠言なのだ。私の頭の後ろ側は、たぶんすごいことになっているのだろう。てっぺんの方は斑《まだら》に赤く、内側はごっそり白く。合わせ鏡をしたことがないため、自分では知らないだけで。

以前ジムのロッカーで、知り合いの後ろ姿に息を呑んだことがある。ふとした拍子に、後頭部の髪が割れ、天井からの照明で、目を射るほどに白かった。むろん、ご本人に言えるはずはない。

スタジオは暗めだから、だいじょうぶなつもりだった。が、後ろの方の皆さんはノリノリで踊る私に哀れをおぼえ、いつも見なかったことにしてくれている？

「後ろまで塗るのはたいへんでしょうけど」。いたわりを含んだ美容師さんの声に「そうします」。素直にうなずく。あんまり人に気を遣わせてはいけないわ。

月1・5センチ伸びる「若さ」を励みに頑張ろう。

介護脱毛

知人が美容医療に通いはじめた。どんな施術を受けているかを聞けば、アンダーの方の脱毛。伯母さんの介護がきっかけという。伯母さんは施設にいて、知人はときどき訪問する。たまたま排泄ケアを受けるところへ行き合わせ、介護スタッフとともにケアをした。「毛をよく拭くようにしています」とスタッフ。汚れが残りがちなため、皮膚トラブルになるのを防いでいる、特に女性は菌が中へ入りやすい。「前もって脱毛する人も、今は増えているようですね」。

伯母のもとを辞去するや、知人はただちにスマホで調べた。「介護　脱毛」で検索すると、出てくる、出てくる。広告に限らずニュース記事まで。

私は脱毛を、体毛の成育の盛んな年頃の女性が、夏の薄着や水着に向けて、脇や脛《すね》におしゃれ目的でするものと思っていた。が、知人の行くところ脱毛に来る人は、若い人が4割、6割が介護を見据えてとのこと。そうなのか⁈

たしかに父の排泄ケアの際、濡れタオルに最後までつくのは、毛に残る汚れであった。

あまり擦っては皮膚を傷めるかと、お湯をスプレーしたりペットボトルに入れてかけたりし、清潔保持につとめていた。対して親戚の赤ちゃんのオムツ替えをしたときは、ウェットティッシュ一枚でつるんと拭き取れたものである。

だからといって「毛がなければ」と発想することはなかったが、自分の将来に関しては美容医療の力を借りて、そうしておくのも可能なわけか。

美容医療には私も、知人とは別のところへ、2か月に1回通っている。顔の肌のハリをよくするために。看護師さんとの話に出せば、「うちにもよくいらっしゃいます」とあっさり言われた。50代が中心とのこと。

いくらなんでも手回しがよすぎるのではと思ったが、施術の中身を聞いて、うなずけた。脱毛に用いるレーザーは黒いものにしか反応せず、白髪は一本一本針脱毛になる。黒いうちが効率よく、負担も軽くすむそうだ。

そのクリニックは介護脱毛というコースを、特に設けているわけではない。顔の施術に来た人が世間話をするうちに、ここでもできると知って、というケースがほとんどだと。まさしく今の私……。

意義はわかる、でも、まだ早いのでは、と揺れている。アンチエイジングと介護準備の両方が気になり、選択肢も増え、迷うことの多い年頃である。

なるかもしれない認知症

80代後半の5人に2人が認知症というからには「ならない」ことだけでなく「なる」ことも想定しておかないと。支援を受けつつ自宅で暮らし、症状が進んだら施設へ入りたいと考えている。

どちらにしても人の手を借りることになる。施設への入居契約や支払いは、成年後見人にお願いするとして、日常生活のより細かなことについても、意思表示しておきたいものだ。

些末《さまつ》な例だが、先日はじめて着たパジャマで寝て、無意識にズボンを押し下げていた。ウエストのゴムがフィットしすぎて。起きてから父の介護を思い出し「これだったか」。父の睡眠中、紙オムツがなぜかずれ、毎朝大量の洗濯物が出た。紙オムツのテープをしっかり留めたり、パジャマのウエストの紐を結び直したりしたが、悪循環だったのでは。フィットしすぎが本人には不快で、自らずらしていたのだろう。

反省と後悔の上に立ち、思う。自分のときは「ウエストは緩めが好みです」と前もって何かに書いておこうか。他にも私は耳の聞こえが変によく、音に疲れる。テレビがつけっぱなしなどの環境では、苛立ったり怒りっぽくなったり、外に出ようとしたりしてしまうかも。私の特徴を知らせることで、世話する人を困らせる言動を減らせ、双方が少しでも楽になれるなら、ぜひそうしたい。

介護職の人の体験談を読んだり聞いたりすると、認知症はきれいごとではいかなそう。ちょっと目を離した隙に、危ないことや不衛生なことをしかけて、止めると激しいバトルになる。それでいて介護職の人が帰るとわかるや「気をつけて！　遅いから」「世話になったね、またね」。気づかいや感謝にふれて、グッときてしまうという。

認知症の人が瞬間的に示すそうした気づかいや感謝は、たぶんとりつくろったものではなく人格の表れ。そして人格は「一夜にして成らず」。習慣が人格を作るとも聞く。

私も今のうちから、そういった言葉を口にすることを習慣にして「世話され上手」をめざしたい。

自宅にひそむ危険

自宅にひそむ危険はヒートショックだ。暖房の効いた部屋から寒い廊下やトイレへ出る、冷えた風呂場でいきなり熱い湯に入るなど、寒暖の差で血圧が急に変化し、体に悪影響を及ぼすもの。そのために命を落とす人は、交通事故の死亡者よりも多いという。

いちばん有効な対策は、リフォームにより家の中の寒暖差をなくすことだという。私は最終的にそうしたが「そんなこと言われても、この冬には間に合わない」というかたもあろう。リフォームでできることについては別の機会に譲るとして、リフォームするまでの間、私がとってきた方法を紹介したい。

リフォーム前のわが家は筋金入りの（？）寒さで、そこで過ごしてきた冬はまさに、ヒートショックとの闘いだった。風呂場のタイルは足裏全面で踏むには冷たすぎ、つま先立って歩くほど。浴室暖房はない。

風呂に入るには事前に、ガスファンヒーターで温風を送る。シャワーで高い位置から湯を出し、バスタブにためる。たまったらバスタブの蓋は開けておく。浴室が温まる代わりに湯はさめるが、熱すぎる湯を避けるのもヒートショックの予防法のひとつなので、よしとする。そして、いよいよ脱衣して入る際には、シャワーを床にかけて温める。

他に「風呂をなるべくスポーツジムですませる」という手もあるが、常に行ける状況と限らないのは、新型コロナウイルス感染拡大防止のため休業要請が出たことなどからご存じのとおり。怪我を含めて自分の体調がいまひとつ、というときもむろんあろう。

トイレと廊下に関しては、起きている間はまだいい。ガスファンヒーターで暖めておける。問題は夜。安全上、ガスファンヒーターをつけっぱなしにできないが、年をとるとどうしても就寝中いちどはトイレに起きる。そのときが危険。

おすすめはオイルヒーターだ。石油ストーブと違って、石油を燃やさず、パイプの中のオイルを温め、じんわりと熱を放散させる暖房器具。火事の心配も換気の必要もなく、ひと晩じゅうつけておける。

わが家の狭いトイレには入りきらないため、廊下に置きトイレのドアを開けて、ともに暖めていた。電気代がかかるが「病気するより安い」と割り切って。

これらはいずれも今日からでもできる対策である。ただし難点は、電気のコードやガスコードが廊下を這い、つまずきやすくなること。転倒リスクという別の危険を抱える。その点は、どうぞお気をつけて。

保険、年金

1か月間働かなかったことがある。40歳で入院したとき。退院し「ここからは病後という人生の新たなステージだ」と張り切って再スタートし間もなく、それは来た。銀行で記帳したら右半分が真っ白！

私の使っている通帳は預かり金額が右、支払い金額が左と分かれている。その右半分にひと月まるまる印字がない。無収入の現実である。

その間も引き落としは着々とされている。水道代、電気代。蛇口を1ミリもひねらなくても、パソコンを1秒も使わなくても、契約しているだけで基本料金が。「生きるってお金がかかるのだ」。税金やローンなどの大口だけでなく、細々したものが確実に。砂山に喩《たと》えれば、一角をごそっと削り取られるのと別に、常に音なく流れ落ちているような。貯金を取り崩していくとは、こういうことかと感じた。

安い部屋を借りて、持ち家である自宅を貸し、差額で収入を得ようか。いや、下手に動くと、引っ越し代や敷金、礼金など余計お金がかかる。この家に留まり、とにかく仕事を探そう。

医療保険の給付金が下りてホッとひと息。保険に入らずその分を貯金する選択もあったが、出ていく一方のとき、まとまった額の振り込まれるのは、さきの砂山に喩えれば、少しずつかさが減って頼りない気持ちでいるところへ、ショベルカーで大量投入されるような心強さだ。掛け捨てになるリスクをとっても、掛けていてよかった。

長生きの疑わしくなった身としては、年金を止める選択も頭をかすめるが「もし老後を迎えられ、無収入になったとき、これも〝掛けていてよかった〟と思うはずのもの」。完納した今は、これで足りるかとの不安もあるけれど、この年まで生きられたことを、まずはめでたしとしなければ。

紙の通帳は続けている。家計簿アプリも使いはじめたが、収入と支出が右左に分かれていない。右半分が真っ白なのは、なんといってもインパクトがあった。ビジュアル的なわかりやすさでときに気を引き締め、家計管理をしていくつもり。

いくつで受給

縁あって髪を切ってもらった美容師さん。自営業どうし、話題は確定申告から年金へと。双方とも国民年金だ。「僕もうもらいはじめています」とのこと。意外。

年齢的にはあり得るが、現役まっただ中のヘアメイクアーティスト。都心の一等地にサロンを構え、ヘアケア製品をプロデュース。今はコロナ禍で少ないが、世界的なファッションショーのヘアメイクも担当する。働くときもパリッとしたシャツブラウスに、発色のいいネッカチーフ。華やかで勢いあるようすと「年金」が結びつかない。「先のことなんてわからないじゃない。だったらもらえるうちからもらっておこうと」。

私にとって年金は、現役後の第二の人生を支えるものというイメージだ。第一の人生の仕事で収入を得ているうちは「預けたまま貯めておく」つもりでいた。60歳を迎え納付通知が来なくなったが、当面仕事はありそうなので、慌てて任意加入した。付け焼き刃で調べたところでは、60歳から年金を実質的に増やす方法として、理にかなっているらしい。

将来65歳を迎える際、もしまだまだ働いていたならば、受給開始を繰り下げようとも、漠然と思っていた。その方が、月々の受給額は増えるそうだし。

しかし毎年の改定で、支給額が2年連続で減ったと聞くと、美容師さんの考え方も、それはそれで一理あるなという気がする。公的年金は世代間の支え合いでもあるから、自分一人《いちにん》の「損益分岐点」に必ずしもこだわるものではないけれど、現実問題、収入が心もとなくなると、そうおおらかに構えてもいられまい。

この春の改定に際しては、専門家がいろいろなシミュレーションをしていた。受給開始を何歳に繰り下げた場合、何歳になったらモトがとれる的な。この選択も、なかなかシビアだ。「あなたは何歳まで生きる予定?・」と問われているようで。

この問いに正面から向き合う根性のない私は、「皆さんと同じくらいの頃から受給します」という日本人的な答え方をしそうである。

無料の家計相談

家電店で物を買い、支払いや配送の手続きをしていると、その間に案内をさせていただいてよいかと、別の店員。家計相談を無料で受けられるという。ファイナンシャルプランナー（以下ＦＰ）が悩みに応じて、プロの知識を伝授するそうだ。

ＦＰさんには、還暦まつりの仕上げとして、新型コロナウイルスが落ち着いたら相談に行こうと考えていた。「渡りに船」ではあるけれど、こんな諺《ことわざ》も思い浮かぶ。「ただほど高いものはない」。

疑念が顔に出たらしい。問うのを待たず、店員が説明することには、店としては何より客に来てほしい。相談ブースは店内に設けてあるそうだ。

お願いすることにし、専用の端末に私のプロフィールなどを入力してもらう。「こんな究極の個人情報をぺらぺら喋っていいんでしょうか」と言いつつ、よく喋った。予約して、相談は後日になる。

悩みはある。住宅ローンがかなり残っている。親の介護のために買い、今は人に貸しているマンションのローンが78歳まで。賃貸用マンションを別物件に買い替えたときのローンが85歳（！）まで。

住宅以外の買い物はすべて一括払い。借金のあることが落ち着かない。ましてや、これから収入の下がっていくこの年で。

限られた時間内に、核心問題までたどりつかないといけないので、紙に大きな文字で書く。60歳、フリーランスで就労中、賃貸中の不動産のローンを支払い中、売却し清算すべきか？　対面したら、まず出そう。

本日のお題ふうの紙まで作成したものの、心の準備は整わない。資産の内訳をプロが見たら「不動産の他は普通預金だけ？　借金がこんなに？　バランスが悪すぎる、危険すぎる」と目を剝くのでは。自分のしてきたことを全否定されそうで不安だ。ダメ出しされるにも、なるべくショックの少ないよう……。

案ずるより産むが易《やす》し（諺の多い回だ）。ＦＰさんの話では、立地や築年数、賃借人が途切れないことなどから、売却を急ぐ必要はない。まずはひと息。

ただ普通預金にまとまった額があるならば、ローンを一部でも返済するに越したことはない。より低い利率のローンへの借り換えを検討してもよいと。

さらに、私は借金を「減らす」か否かしか頭になかったが、お金を「増やす」選択も示される。

投資には、私は向かない。売り買いのタイミングを考えるのが面倒で。できるだけ仕事に集中したく「お金のことは放ったらかしにしたいタイプです」。貯蓄性の保険なら、売り買いに煩わされることはないそうだ。一定期間積み立てていくだけ。

放ったらかしにしたいと言いながら、その期間が10年15年となると、ぐらつく。75歳か、その頃の自分はどうなっているのか……。長いスパンをイメージしにくいのが、60歳の心模様だ。

増やす方についての結論は出なかったが、いろいろ選択肢を知ったのは大きな成果。FPさんが、ただ働きにならぬか気がかりながら、私にとってこの相談の機会は「ただほど安いものはない」のだった。

うっかり寝つく

こんなに長く寝る期間が、人生に再びあろうとは。最長で一日に23時間近く布団の中にいた。腸閉塞のためである。

はじまりは休日の朝、胃の不快感とてつもない倦怠感とでめざめて。ご時世から、新型コロナウイルスを疑い、買い置きの抗原検査キットで調べたが、陰性だ。俗にいうお腹に来る風邪、それもかなりタチの悪いものかも。風邪には安静と保温と考え、一日寝ていた。

翌日、クリニックを受診して、胃腸炎の薬を処方されるも、効かず。再び受診し薬が替わるも、なお効かず。念のためＰＣＲ検査をすすめられ、陰性の結果が出るまで次の受診へ進めなかったのも、症状の悪化を放置することになった。

別のクリニックでレントゲンを撮り、胃腸炎ではなく腸閉塞とわかる。「まさか」であった。いや「うっかり」というべきか。

人に歴史あり、人の体に歴史あり、私は腸の手術歴がある。開腹手術をした人は癒着により、腸が折れ曲がったり狭くなったりしているもので、どうかすると内容物が流れず、空気まで詰まることがある。

私もかつてはしばしば腸閉塞を繰り返したが、手術から20年も経つとさすがに、不調のときまっ先にその可能性を考えることはなくなっていた。今回は特にコロナに気をとられたせいもあろう。

レントゲン写真によると、小腸にかなり空気が溜まっていて「胃まで苦しいわけだ」と思った。

これもご時世から、入院ではなく、通院と自宅療養で経過観察。寝たり起きたりの日々である。パソコン、ダンスフィットネス、食事作りとめいっぱい動き回っていた、少し前の自分が嘘のようだ。20年前の入院でも、こんな感慨を抱いたっけ。

ふだんの私は「寝るより楽はなかりけり」だ。布団に入り手足をのばすと心から解放感をおぼえるし、起床時は出るのを惜しく思う。

が、寝続けてみて、臥位《がい》はいかに腰に負担がかかるかを知る。1日で腰痛になった。痛み止めの薬もなかなか効かず、眠れぬほど。蘊蓄《うんちく》好きの私は、ヨーロッパの病院で採用されているという、体圧分散パッドを使っているが、それでもだ。

無理もない。ジムに家トレにとあれほど励んでいたのが、パタッと動かなくなったのだ。

胃腸の弱りや食事のとれない脱力感からは、座位を保つのが困難だが、横になると腰がつらい。寝るのも苦行である。そういえば親の介護の最後の方は、褥瘡《じょくそう》ケアをしていたな。シニアの年齢ながら仕事をしている身としては、そちらの焦りも相当なものだ。「×日までに治れば、迷惑をかけなくてすむ。が、治る確証はない」「変更なり中止なりを申し出るなら、デッドラインはいつか」など「判断」の重さが漬物石のように、布団の上に載っていた。

幸い今はこうしてパソコンに。変更や中止を受け入れ、温かい言葉をかけて下さったかたがたには、感謝するばかり。「寝て起きてごはんを食べられるだけでありがたい」みたいな昔のお年寄りの境地に、少しだけ近づいた期間であった。

高カロリー、繊維少なめ

ただでさえ脂肪のつきやすい年代。太るのを警戒し、いろいろと気をつける。食べることそのものの誘惑には勝てないにしても、菓子ならば甘さ控えめのものにするとか、食事の際は、ご飯ではなく野菜のおかずから箸をつけ、糖分の吸収を抑えるとか。

胃腸の不調に際しては、消化器を休めるのがだいじ、絶食がいちばん、と医師。このたびは通院で点滴を受けつつ養生するため、自宅で絶食に近い状態を保たないといけない。

誘惑がいっぱいの環境だ。お茶といっしょに習慣的にいただく菓子も、小腹が空いたらささっと作れる麺類もある。それらに囲まれ、できるのか？　年にいっぺん定期健診で胃カメラを飲む前の日も「明日の×時まで、これらを口にすることは許されないのか」と悲愴な気分になる。それに似た状況が何日も。苦しい闘いが予想される。

が、はじめれば案に相違して、がまんしているつらさはない。冷蔵庫や戸棚に詰まっている好物も、私を刺激してこないのだ。胃腸が受け入れ態勢にないと、それほど欲しないことがわかった。

にしても最低限のカロリーは摂取しないと。生きているだけでエネルギーを消費するし、養生中とはいえ家事や仕事もある。固形物は消化の負担があるので、もっぱら液体。糖分が端的にエネルギーになるだろうと、黒砂糖をお湯で溶いて飲む。

われながら「セミみたいだな」。昔、セミを飼ったとき、虫かごの中に、砂糖水を含ませた脱脂綿を入れると、けなげによく吸ってくれて「これだけでよく生きているな」と感心したのを思い出す。

思いつきで、めんつゆをお湯にといて飲んだら、とても美味しく、糖分のみならず塩分も必要とわかった。

薬局で経口補水液を買ってみたら、ゼリー状のがたいへんよかった。ゼリーは消化の負担を感じない割に、満足感があると発見。

味をしめた私は、ゼリー飲料を買いにスーパーへ。さすがスーパー、種類は多く、よりどりみどりだ。

が、パッケージを仔細に見ると、選べるものは意外と限られる。果実たっぷり？「いや、今は食物繊維少なめであってほしいので」。ビタミン豊富、低カロリー？「いやいや、今は高カロリーであってほしいので」。

日頃「体によさそう」「健康的」とひかれるものと、胃腸の不調時に求めるものは、逆方向と知る。介護食のゼリーの方が目的に合うかも。咀嚼《そしゃく》が難しくなった人が、エネルギーを効率よくとれるようにできている。

幸いその後回復し、いっとき減った体重も元に戻った。ただし体脂肪率はいまだ戻らず。「あれほど食べなかったから、どれくらい下がったことか」と期待して計ると、むしろ増えていた。筋肉が落ちたため、脂肪の体重に占める割合は上がったらしい。

これについては、食べ方の工夫のみではいかんともしがたく、運動による努力が必要そうだ。

なんとか復活

ぬか床を作って20年余りになる。シール蓋付きのホーロー容器に作り、冷蔵庫に保存している。常温と比べ、食べ頃になるまでの日数は、「ふつうはこれくらい」と聞くところの倍近くかかるが、漬かることは漬かる。

20年の間には引越を経験したが、トラックの荷物に入れず、自分で運んだ。ポリエチレンの袋を重ねて包み、貴重品とともに胸に抱えていたのを覚えている。

だいじに守っているぬか床だが、いちどだけ絶やした。はじめてまだ間もない頃、水抜きをしなかった。ぬか床には、野菜から出る水分が溜まってくるが、もったいながりの私は、「この水にも、美味しく漬かる成分が含まれているはず」とそのままにしていたら、黒いカビが点々と。水分が多いと、雑菌が繁殖しやすくなるそうだ。冷蔵庫だと速度は落とせても、雑菌の繁殖そのものを防げるわけではない。

以来ときどき水を抜き、新鮮なぬかと塩分を足し続けている。ぬか床には乳酸菌をはじめ、さまざまな微生物が住んでおり、いずれかが増えすぎても、味や匂いが落ちるらしい。

微生物どうしのほどよい力関係を保つよう、環境調整につとめねば。

そのぬか床が久しぶりに危機に瀕した。このたび寝ついたときである。布団にいても、ぬか床は気になった。もう何日もかき混ぜていない。1週間手つかずで過ぎると、覚悟した。残念だがいったん絶やし、一から作り直すことになるだろう。しかし容器の中はいったいどんなありさまに？　想像するだに怖いような。10日後、意を決して蓋をとると「ん？」。それほど壊滅的ではない？

匂いは濡れ雑巾をほうふつさせる不穏なもので、嗅いだ瞬間「腐っている」と思ったが、あきらめるな。前にダメにしたときは、もっと鼻をつく匂いだった。調べると、ぬか床に住む微生物のひとつ、酪酸菌が優勢になると、雑巾めいた匂いになるそうだ。そいつの力を抑え込めれば、いいのでは。

色も黒っぽいが、カビではなく、空気にふれるところだけ酸化しているようだ。少し掘ると、下の方はぬか床らしい黄土色。脈はある。水抜きし、ぬかと塩を補充し、かき混ぜてひと晩置くと、復活している！　早速、野菜を漬け込んだ。

再び食べはじめ、如実に表れているのが、便通への効果である。腸内環境をいかに整えてくれているかを感じる。途切れず続けていけるよう、私の方は微生物の環境調整につとめたい。

まさかの誤飲

腸閉塞の薬を飲んでいる。手術から20年以上経ち、最後に起きたのもかなり前。「もう、そうそう起きることはないだろう」と思っていたら、その認識は誤りであると医師。再発リスクは一生続き、むしろ腸の働きの弱ってくる今後、起きやすくなるだろうと。それはたいへん。

幸い、リスクを下げる薬があるそうで、服用することにした。アルミふうの四角い小袋に入った顆粒状の薬で、1日3回。1回2包と量は多い。

その日も朝食の後片付けのかたわら、キッチンでたっぷりの水を口に含む。2包をいっぺんに手で破り、逆さに口へあけて、ごくり。とたんに強い異物感が。固く鋭利なものを飲み込んだような。

喉の奥から咳をしたが、何も出ず、うがいの水を吐いたシンクを目にし「ホトトギスだ」。正岡子規《しき》は喀血《かっけつ》を機に、そう号したのだっけ。子規《ほととぎす》は口の中が赤いことから……もって回った説明で、生々しい描写を避けた。

ともあれ、どこかが傷ついた。いったい何が刺さったか。水はペットボトルから直《じか》に飲んでおり、水や薬に異物が混入していたとは考えにくい。

アルミの小袋を仔細に見ると、1包の角のひとつが、斜めに削いだように小さく欠けていた。ここにあるべき三角形が破片となって？　鏡の前に行き、懐中電灯で照らしたが、喉の奥に光るものはなかった。

「とんだ奇禍に遭うものだな」。自らが招いた災難というべきか。小袋の破片と確定したわけではないが、切り方が雑になっていたのは確か。習慣的な動作に、まさかこんな危険が潜んでいるとは。

取れるところにない以上、ふつうに飲食するほかない。魚の骨なら、そのうち胃の方へ送られることが期待できる。

気がかりは、アルミの場合、消化分解されそうにないことだ。そのまま腸へ行き、狭くなっているところに引っかかったら。

医師によると私の腸には「鉛筆のように」細くなっている箇所があるそうで、そこに詰まってしまったら、文字どおり腸閉塞。腸閉塞を予防する薬の袋で、腸閉塞になるなんて。誤飲の事故で手術に至る例が、まま報じられるが、啓発記事の見出しが、頭をよぎった。心配すればキリがないが、あいにく日曜。こんなことで救急外来に行くのはためらわれる。食べ物が腸を通過し終えるには、通常24時間から48時間。排便がひたすら待たれる。

月曜になっても、異物感はなくならない。もしまだ刺さっているならば、胃の方へ落ちる前に、取り除いてもらう方が安全だ。耳鼻咽喉科を受診する。

内視鏡を入れ探してもらうと、声帯より上には何もない。ただし大きなかさぶたができているとのこと。残る異物感は、そのせいか。本物の異物（？）については、どうやら「後のまつり」らしい。

耳鼻咽喉科から帰った夕方、排便があった。これで無事通過したと、考えていいかしら。

日常のなんてことないところに、事故のリスクはあると痛感。一挙手一投足を丁寧にせねば。

持病と付き合いながら

腸閉塞に苦しんでから、すっかり怖じ気づいている。手術後20年が経ち、注意が足りなくなっていたかも。私の「持病」と心得、管理しなければ。

腸閉塞持ちの人は繰り返すので、たいていは自分なりの対処法を試みるものだ。過労や冷えがきっかけになりやすいと聞くので、私はとるものもとりあえずお腹を温め、腸の動きの再開を待つ。再開までの間は、脱水に気をつけつつ、絶飲食に近い状態を保つ。それでくい止められることもあれば、病院での処置が必要になることも。

早めの対処には、兆しを察知しなければ。腸閉塞だから腸が張るとは限らず、胃の不快感や全身の倦怠感から来ることが、私は多い。これらの症状を少しでも感じたら、胃潰瘍でも、ノロウイルスや新型コロナウイルスでもなく、まず腸閉塞を疑うべき。

先日は家のパソコンで検索をしていた。仕事ではなく買い物だ。腸閉塞の快復後、久々にジムに行ったら、人のはいていたパンツがなかなかよかった。太くて長いパンツで、裾が絞られ、靴の上にクシュッとたまる。似た画像の商品名には、ヒップホップとか原宿系なるワードが付いている。「原宿系って、今の若い人でも言うのか」。

丈が問題だ。足首あたりでクシュッとなってほしいが、商品説明にある寸法からして、長身の私は膝下で中途半端にたくし上げたみたいになりそう。「原宿系」というより風呂掃除のスタイルだ。サイズ的には男女兼用の商品から探した方が……「ん？」。何やら胃が変。関節の力が抜ける感じも。腸閉塞の始まりか？

マウスを放り出し、加熱式の湯たんぽをただちに電子レンジへ。暖房中の床にひっくり返りお腹に載せて、上と下から温め、じっとしている。数分前と同じ人ではないみたいだ。「先が思いやられるな」。過労にも冷えにも当たらない、ぬくぬくした部屋でお気楽な調べ物をしていて、なるなんて。コロナが収束したら海外旅行をしてみたい気もあったが、いつどうなるかわからぬ腸ではとても無理。湯たんぽは持参できても、ホテルの部屋に電子レンジなんてない。

「あのときはよく行ったよな」。手術から3年経たぬうち、なんとモンゴルのゴビへ行った。仕事上の旅のため、同伴者がいたとはいえ、首都のウランバートルから550キロメートルも離れた、草原のただ中のキャンプに滞在した。

あれは若さのなせるわざだ。用心深くなった今は考えられない。海外へ行くことは、もう一生ないかも。世界なんたら紀行といった番組を、家で見るので充分。

仰向けのまま思いをめぐらせていたところへ、玄関チャイムが鳴る。そうだ、この時間帯に指定した宅配便があった。「お荷物でーす」「はい、今!・」。湯たんぽをはねのけ立ち上がり、あれ、ふつうに行動できている?

悲観的になりすぎた。シニアになれば、何かしら持病のある人は多いだろうし、その人たちがみな旅をあきらめたわけではあるまい。知人は医師同行のツアーに参加したとか言っていたな。

「一病息災」で人生を楽しんでいこう。

腸閉塞以来怖じ気づいている私に、知人は言った。「楽しむことについては、自分は貪欲」。持病がありつつ薬で抑え、日々を送っている人だ。したいことは「そのうち」ではなく、できるうちにする、遊びも一生懸命にすると。深い……。

私にとって、したい遊びは何だろう。いつもの話で恐縮だが、やはりダンスフィットネスだ。コロナ禍以降、ジムのレッスンは削減され、かつ予約制に。予約受付とほぼ同時に満員となり、1コマも参加できない週もある。バーチャルやオンラインライブはいまひとつ。

コロナ禍だから仕方ないと現状を受け入れて、収束後再びレッスンが増えることを期待してきたけれど、「そのうち」がかれこれ2年。知人にならい、もっと「一生懸命」に打開策を探ってみよう。

前にレッスンで隣り合わせた人と交わした会話を思い出す。「スマホをさわるのが習慣になって、落ち着かないですよね」と私。予約にキャンセルの出ることがあり、2人ともスマホでチェックし続け、直前にようやくとれたのだ。

「Xというジムは、予約なしで入れますよ」とその人。家から遠いので会員にはなっていないが、勤め先が法人契約をしているので、割引券でときどき行くという。ダンスフィットネスのレッスンがあるそうで、バーチャルでもオンラインライブでもなく、すべてリアル。

今どきそんな夢みたいなジムが？　心が動くも、私の家からも電車に15分ほど乗っていくところと知り、あきらめたのだった。

改めて調べると、一般の人にも都度利用券を販売している。週2回利用できる会員もあって、コスパはその方がずっといい。

しかし会員となると、継続的に通うことが前提。私にそれができるのか。家からの距離もさりながら、利用客の層の問題だ。Xといえば、筋トレを本気でする人の行くイメージ。場違いなのでは。

考えていてもはじまらない。実地を覗いてみよう。

見学に行き、入口でまず、すれ違う人々の体格に圧倒された。胸板厚く、肩も隆々としているのが、服の上からでもわかる。尻の肉は引き締まり、垂れている人など誰もいない。対していかにも虚弱な私。

物販の棚には種々のプロテインが並び、ボディビルダーのコンテストで入賞した会員さんたちの全身写真が貼ってある。照明を落としたトレーニングエリアでは、人々が黙々と励み、重量感あるマシンの音が響くのみ。

スタジオはその奥に小さく設けられ、見学時はレッスンが行われておらず、空だった。案内のスタッフによれば、ダンスフィットネスは週5コマ。定員はあるものの「入れない人がいたことは、いちどもないです」。

運動後の汗は、ロッカーに付設のシャワーブースで流す。浴槽はない。リラックスの要素は見当たらず「来るならダンスフィットネスだけが目的になるな」と思った。

場違いの感は否めない。が、ひるんでいては、いつまでも現状のまま。逆に考えれば、筋トレを本気でする人しか来そうにないジムだからこそ、レッスンが空いているといえるのだ。

心を決めた。異なる環境に思いきって身を投じよう。

ここでは新参者

ダンスフィットネスの場を求め、新しいジムに入ると決めた。筋トレを本気でする人のジムというイメージだが、スタジオレッスンもあったのだ。家からは電車に乗っていくところ。

客層も行動エリアも、これまでと異なる環境だ。居心地やレッスンについていけるかどうかなど、不安はあるが、コスパの点から都度利用ではなく、週2回の会員を選択。

手続きに当たったスタッフは「お試しでそうして、レギュラー会員へ変更されるかたが多いです」。私は内心「それはないいな」。電車で通う時間的、体力的負担を考えても、週2回がせいぜいだろう。元のジムもまだ退会はしていないし。

初日は着るものから気をつかった。見学に行ったとき、女性会員は上半身がスポーツブラのみという削ぎ落とした服装で、筋トレに励んでいた。チャラチャラしたダンスウエアは顰蹙《ひんしゅく》だろう。黒のタンクトップとレギンスにする。

新参者だ。浮かないことを第一に、スタジオでも後ろの方にいて「借りてきた猫」を心がける。間違ってもノリノリで踊らないように。

集合時間も、元のジムでは予約番号を呼ばれるため、レッスンの10分前には並ぶが、それでは遅いのかどうか。結果としては早すぎて、マシンゾーンの隅のストレッチゾーンで、屈強な人に挟まれ、粛々と準備体操。去る際は、両隣に挨拶すべきかどうか。あ、終わったらこの紙と除菌スプレーで拭くのですね。

一挙手一投足、迷っては推察し。定年後地域や趣味の活動にデビューするにあたってのとまどいを話に聞くが、こういうものか。

スタジオに入ると、意外。皆さん、おとなしげ。夜の時間帯ながら、若い人はおらず、中高年の男女が6、7人。お腹が出ていても隠せる、丈が長くてゆるいTシャツだ。スタジオの内と外とで利用客の層が違うような。

立つ位置も後ろへ寄りぎみで、先生に促され、譲り合って前へ。頑なに後ろの壁にへばりつくことはなく、適宜進み出、互いに動きやすい距離をとる、大人の対応。レッスン中、前後と終始無言だが、傍らに人なきがごときではなく、協調的である。

これなら充分、適応できる。住めば都。利用回数に制限のない会員へ変更する。手続きに当たったのは、前回と同じスタッフだ。「予言されたとおり、レギュラー会員になりました」と言うと、両の目を最大限曲げて笑った。

目的であるダンスフィットネスの機会は、飛躍的に増大。週1回30分のレッスンがとれるかとれないかだったのが、こちらは1レッスンの時間も長く、仕事のやりくりがつくなら、合計で7倍も可能に！

副次効果は予約からの解放だ。早い者勝ちは性に合わず、キャンセルの有無をスマホでしょっちゅうチェックするのもストレスだった。思いきって環境を変えてよかった。

電車で通う負担は、未知数。道中を資料読みやメール対応に充て、時間のロスは防げているが、疲労の方は、運動の機会の増えたことと合わせて蓄積中かも。注意していかねば。

入れ替わりの時期

年度の変わり目は、入れ替わりの時期だ。定例の会議などで、退任者の挨拶があると「そういう月か」。

家の洗面台下に収納してあるものを、突然整理しはじめたのも、入れ替わりの意識がはたらいていたかもしれない。

洗面台下の扉を開けたところには、バス用品やスキンケア用品を置いている。ふと覗くと、ずいぶん詰め込んであるような。

自分で買ったものは何だかわかるが、通販の「初回特典」などで付いてきたものだと、パッケージに印刷してある字が小さすぎ（とても問題）、「正体は後で見定めるとして、とりあえずとっておこう」となってしまうのだ。

ここらで本腰を入れ、要不要の裁定をせねば。老眼鏡をかけてきて、一品一品検分する。

化粧水と思っていたのがマニキュアの除光液。「使わない」と即断。液体石鹸と思っていたのが入浴剤。「あれば使うかも、だけど、これまで封を切っていないということは、これからも」。減ること減ること。扉の中は相当すっきりした。

洗面台下の並びにある引き出しも、この勢いで。旅行用ポーチ。「全然使っていない」。出張のたび用意しなくてすむよう、クリームなど小分けにしていたが、もう変質していそう。2年間出張していない。

口紅。マスク生活で、つける機会がまったくなく、やはり油が酸化していそう。コロナ禍がこうも長引くとは、予想しなかった。

旅行用とは別の、ふだんの外出用のポーチに、感ずるものがある。これも古びた。黒のビニールコーティングがひび割れて。これを手に、ある会社の廊下をよく歩いた。

年度末に私もひとつ役目を退く。長らくつとめた教養番組の進行役を終えるのだ。直前の体調不良や、家族の予期せぬ事態の出来することもあろう。それでも、元気いっぱいとは言わずとも、少なくとも役目を果たせる状態までに、心身を整え、決まった時間、決まった場所へ、必ず行く。それって結構際どいこと。よく、なんとかなってきた。勤めとはそういうものと思っていて、なくなってみてはじめて「かなりのプレッシャーだったな」と気づくのだろうか。

正直、まだ実感はない。が、この先、美容院に行くタイミング、服をクリーニングに出すタイミングを、仕事との関係で考えなくていいことにも、じわじわと解放感がわいてきそう。

ポーチが心にふれるのは、思い出す風景があるからだ。トイレの個室や蛇口付近の壁には常に「スマホを落とさないようご注意下さい」「トイレットペーパーで手を拭かないで下さい」といった貼り紙が。

あるいは食堂。社員でなくとも利用でき、このポーチを脇に挟んで、トレーを持ち並んだものだ。トレーの隅に「麺B」などと書かれた券を載せて。

そういう、何でもなく目にしていたものが、やがて懐かしくなるのだろうか。回顧にひたってばかりもいられない。新年度から同じ会社の別の部署へ、月1回通うようになる。

その日に向けて、新しいポーチを準備しよう。

老眼鏡の10年

老眼鏡を破損してしまった。書類のいちばん上に載せ、室内を移動中、眼鏡ケースが滑り落ちそう……と思ったら、床に当たって、フレームの片方が取れ、レンズの端が欠けていた。大ショック。

眼鏡なしでは、ラップの剝がし目を探すのはおろか、乾麺の袋にあるゆで時間を知ることも、炊飯器の内がまの目盛りに水位を合わせることもできない私。予備の眼鏡は持っていて、調理中のピンポイントならそれですむが、仕事となると今割った眼鏡なしに考えられない。それほどだいじな品なのに、ケースをしかと閉めなかった不注意が、かえすがえすも悔やまれる。

作ったのは、百貨店内の専門店。このタイミングに破損したのは、不幸中の幸いだ。緊急事態宣言による休業中だったら目も当てられなかった。

電話して行くと、女性スタッフが顧客カードを出して待っていた。それによると前回作ったのは10年前。そんなになるのか！

視力検査から開始する。座って枠に顎を乗せ、両目で中を覗き込む、おなじみの機械だ。文字や縦横の線、赤と緑の面にある二重丸などの見え方を答える。10年の割には、進み方は少々、とスタッフ。

別の椅子へ移ってレンズ選び。年齢と眼鏡をかけるシーンを聞かれる。働き盛りのスタッフには60歳→リタイア→趣味→旅行・観劇・美術鑑賞のイメージかもしれず、デスクワークが長時間のことを強調する。

要らぬ力の入れ方だった。シニアも今はパソコンを使うことが多いというのが、スタッフの認識。パソコンが見やすく、手元の資料に目を落としても楽なレンズが、今はあるそうで、それを選ぶ。

遠くは見にくいので、家の中でずっとかけていることはおすすめしないと。デスクワーク以外では、原則かけないことを話す。

「化粧品のボトルとか見るには、すごく不便ですけど」。私が言うと「そう！　シニア向けの化粧品でも、なんで字の大きさに気を遣わないのか」。打てば響くようなスタッフの反応に、思わず頭頂部へ視線が行った。女性の年齢は毛髪のボリューム、特に根元の立ち上がりに現れる。意外と年がそう大きくは離れていないかも。

私「いちばん困るのはシャンプーです」。スタッフ「風呂の中まで眼鏡かけませんものね」。私「トリートメントつけたつもりが、泡立ってきて」。スタッフ「二度洗いしたりして」。私「加齢でただでさえ皮脂が失われがちなのに」。息の合った会話に、「この人とならう阿佐ヶ谷姉妹みたいになれるかも」と思った。

レンズには、パソコンの画面からのブルーライトをカットする、コーティングができるそうだ。10年の間にいろいろ進んでいる。

フレームは前回と同じ極細チタン。軽くてしなやかで、予備の眼鏡のフレームとは、疲れ方がまったく違うが、価格も相当な差が。まあ、仕事の設備投資と割り切って。

百貨店のカードを出すと、スタッフが「本日までポイントアップ期間です」。ささやかながらそれも不幸中の幸い？

新しくした眼鏡で、少なくともあと10年は働き続けたい。

鍵が壊れて

リビングの大きな窓を開けようとして「はっ、そうだ」。サッシの鍵が壊れていたのだった。

ほかでもない腸閉塞の頃。「こう寝ついていては、心まで病人ぽくなる。せめて換気でリフレッシュしよう」と、サッシの鍵に手をかけたら、動かない。半円状の鍵を縦に回して外すところを、受ける方の金具のどこかががっしり挟んでいるようだ。無理に動かそうとすると、サッシ全体ががたつくほど。

リフォームでサッシを替えてから、いや、この家に住み始めてから、いや、生まれてから初めてのこと。どうすればいい？　体調がよくない折りに、難題すぎる。

今このことに向き合うのはやめよう、なかったことにしようと、カーテンを閉めた。以来鍵は、中途半端に斜めに引っかかったまま。

改めて見ると、昔の鍵より進化していそうだ。サッシへの取り付け部は、四角いカバーでおおわれて、シンプルでおしゃれ。カバーには、ロックボタンが付いている。懐中電灯のスイッチほどの四角いボタンで、スライドさせると、鍵が回らなくなる。「この小ささで強力にロックできるなんて、高性能だわ」と常日頃から感心していた。

高性能なものは、複雑そうだ。ロックが何か誤作動しているのでは。中でどうロックされているのか覗いてみたいが、シンプルでおしゃれなカバーは、とりつくシマがない。やはり業者に依頼するしか。

工事した会社の保証期間は過ぎている。自分でどこか探さないと。出張料金も含めて高くつくはず。壊れたときは、世はコロナ禍、自分も体調不良、自宅へ人に来てもらえる状況では……。対処するには、面倒事が多すぎて、とりあえずなかったことにしたのだった。

鍵がかからないなら防犯上問題だが、かかっているぶんには放っておける。換気は、小窓でできていたので困らなかった。

でもときには大きな窓から風を入れたい。守りが固いのはいいけれど、万が一の火事や地震の際、避難経路を塞ぐことにもなっている。リビングで足の爪など切っていて「もし今、玄関から侵入されたら逃げ道がないな」と思うことはあったのだ。

サッシのメーカーの修理窓口の案内を、改築終了時、工事の会社からもらったファイルに探す。サッシの取説の裏に連絡先が。

なにげなくめくると、鍵が動かない場合についての記載がある。「えっ、あのカバー、外せるの？」「こんな単純に緩められるの？」。それこそ防犯上、しくみを詳しく書けないが、半信半疑でネジ回しを持っていってみると、できた。私にも直せた。

サッシを滑らせると、爽やかな風が吹き込む。窓が開くって、とても快適。感動的だ。それがふつうか。

自分の手には負えないものと決めてかかりすぎていた。何かあったらまず取説を見る、を基本にしよう。

ひとりで具合が悪くなったら

知人の80代の母親が、家にいて具合が悪くなった。なんだか胃がムカムカし背中まで痛くなる。趣味のコーラスの練習が待っている。コロナ禍で集まれずにいたのが、ようやく再開された。それまでには治まるはずと頑張っていたが、胸を押さえてうずくまるに至り、知人の父親が119番。原因は心臓で、幸い手術に至らず、薬で治療していくという。服薬が加わった以外、日常生活はこれまでどおり。夫婦二人暮らしである。

実家を訪ねた知人が感じたのは、父親への待遇の微妙な変化だ。近いのでコロナ禍でもときどき覗きにいっていたが、これまでは父親を無視こそしないものの、無関心。食事のときなど、母親はさっさとすませ、自室でオンラインでのコーラス練習に早く参加したいのがありありだ。放置されたかっこうの父親が、娘を誘い散歩に出るのが常だった。「この家は妻が優勢だな」というのが知人の観察。

その母親に知人いわく「ラブな態度」が加わった。食事にうなきゅうなど、ちょっと手のかかる一品をこしらえたり、父親の好物であるこのわたの瓶詰めが出ていないと、冷蔵庫に取りにいったり。空気のような扱いだったのから、変わっている。あんなことがあると頼もしく思え、惚れ直すのか。

このわたの瓶を差し出す母親が「これからはお父さんにそばにいてもらわないと」。微笑みながらさりげなく圧をかけるのを聞いて、知人は悟った。ラブではない、緊急通報システムとしての家族なのだ。母親には、発作の記憶が新しく、「また、いつなるか」の不安もあろう。

仮に家庭内別居状態であっても、目の前で人が苦しんでいれば、人一般の行動として、あるいは恐怖心からでも通報しよう。夫のその存在価値に気づき、方針転換したのでは。「私たちだったらお金を払って導入しないといけないところを、タダなんですよ」と、ひとり暮らしの知人。

とはいえ父親をずっと母親にはりつかせるわけにもいかないから、民間の緊急通報システムの導入をすすめ、パンフレットを置いてきたという。

なるほどだ。ひとつ家に住むがまんという代償はあろうから「タダ」と言えるかどうかはわからぬが、緊急通報システムか。

読者の皆様ご存じのとおり、私はときどき体調を崩す。耳石によるめまい、脱水症状、近いところでは腸閉塞になり、今も薬を服用中だ。いずれも命に関わるものではなかったが、そうと診断されるのは病院に行ってからであり、症状の進んでいく途中では、何が何だかわからない。朝起きようとすると吐きそうになったり、倦怠感を風邪か疲れかと疑ううち、体を立ててもいられなくなったり。

日頃ジムをはしごするほど元気な私も、そうなるとたんにしおれ「もう早いうち自宅での生活をあきらめ、しかるべきところに入居したい」と切に思う。ボタンひとつで看護師さんが来てくれて、症状を確認し、必要に応じて連携の病院へ運んでくれるような。

そこまで極端に振れなくても、緊急通報システムという策があったか。

検索に乗り出した。

緊急通報システム

新型コロナウイルス第6波のさなか持病の腸閉塞になり、治療にたどり着くのが遅れた経験は、かなりこたえた。「健康不安のある私は、医療と連携した施設に、早いうち入居した方がいいのでは」とまで思った。その折り知人に聞いたのが緊急通報システムだ。自宅か施設かの二択でなく、中間的な策があったか。

早速検索。高齢者、健康不安、緊急通報というワードである。ダンスフィットネスをはしごしたくて、ジムの店舗一覧からスケジュールを調べる、日頃の私とは別人のよう。シニアは振れ幅が大きいのだ。

ヒットする商品は概して、親が心配な人へ第一に訴求している印象。離れて住む親に何かあったら、ひとり暮らしの親が気になって、などという「つかみ」だ。

たしかに知人も子の立場。でも今のシニアは情報を進んで取りにいく。本人に向け「自宅の暮らしをあきらめない」「自立した生活を続けるため」といった打ち出しが、もっとあってもよいのでは。不安なシニアを見守ります、だけでなく、不安にピンポイントで対応しアクティブライフを後押しします、みたいにすると、関心を持つ人の範囲がより広がりそう。

ざっと読み比べたところでは、次のことが共通してかなえられそう。①24時間看護師さんと話ができる。②24時間呼べば駆けつけてもらえる。画像では、白衣の医療従事者ふうではなく、黒のヘルメットと防弾チョッキっぽいものを着けたガードマン的な人で、必要に応じ救急隊へつないでくれるらしい。③一定時間センサーで動きが確認できないと、倒れているかもしれないとして、自動的に通報が行く。

それらを防犯システムに付加するか、単品で積み上げるかは、会社による。操作方法もパネルを押す、ペンダントを握る、パネルが基本でペンダントはオプションなど。

自分にあり得るシーンを想像する。私のもうひとつのやっかいごと、めまいは、はじまると頭を上げられないので、ペンダントがよさそうだ。間違ってさわらないよう気をつけねば。センサーは不在のとき解除できるだろうか。ジムをはしごすると、4時間近く家を空けることもある。防犯システムはまだなくてだいじょうぶそう。火の始末や戸締まり、不審な訪問者を寄せ付けないのは、今のところできるつもり。

切実なのは①である。体調を崩すたび「施設」がちらつくのは、症状をプロに確認してほしいからだ。ことに腸閉塞のはじまりはわかりにくい。力が出ない、気持ちが悪い。風邪か、疲れか、変なものを食べたか、それともコロナ？　何でもすぐ担ぎ込んでもらおうとは思わない、少々のことなら家にいてがまんする。求めるのは、自分のこの症状が寝ていればよくなるのか、病院へ行かないと手遅れになるのかの「判断」なのだ。

考えていくと「これって検索ワードに高齢者って要るか？」。同様の不安は若い人にもあるだろう。全世帯の4割近くがひとり暮らし。家族による緊急通報を期待できない人は多い。

あんまり早く導入し、資金ショートを起こしても困るが、情報の収集は今のうちからしておこう。

虚弱でもできること

自宅で具合が悪くなったとき、看護師さんと話ができ、人が駆けつけてもくれる緊急通報システム。調べるとさまざまな業種が参入し、市場規模は拡大中だそうだ。私もいずれありがたく使わせていただくつもり。

他方で素朴な疑問がわく。利用したい人は増えるだろうが、緊急対応する人の方は足りるのか。電話相談の看護師さんは必ずしも若くなくても、経験知を生かせそうだが、駆けつけてくれるのは、画像では屈強なガードマンぽい人だった。

気になって日本の人口ピラミッドを久々に見ると「ここまで来ていたか……」。富士山型からつぼ型になっていくと、子どもの頃社会科で教わってはいたが、図形で突きつけられると衝撃的だ。つぼ型もつぼ型、重心はどんどん上がり、下の方は極めて細く、いかにも不安定。ちょっとでもバランスを崩せば傾いて、ピラミッドならぬピサの斜塔になりそう。２０２５年には65歳以上が人口の３割に。すぐそこの未来である。

持病で難儀して以来、人に「してもらう」ことばかりに頭が行っていたが、それでは斜塔へまっしぐら。自分でも「する」ことを考えないと。しかし専門知識も技能もない、虚弱なシニアが何をどう？

似たような焦燥感にかられたことが、前にもあったと思い出す。東日本大震災の晩だ。人の命を助けに、物資の輸送に、すでに続々と出発していることだろう。私は今、何をどう？ 考えついたのは、小学1年生のきまりのようで恥ずかしいが「信号を守る」だった。

家の近くの道路は、徒歩で帰宅する人で溢れ返っている。白状すると私は、赤信号で左右に車がいなければ、渡ってしまうことがよくあった。が、混乱時はひとりの抜け駆け的な行動が、パニックを引き起こしかねない。今後は被災地支援の車両で、交通量は多くなろう。長距離走行、道路の寸断、ガソリン不足で、運転者はいつにもまして疲労するはず。そこへ私の信号無視で事故をまねいて、道路を止め、かつ怪我して貴重な医療資源を奪っては……。言ってみれば「足を引っ張ることをしない」発想だ。

介護の現場では、もっと進んで貢献しているシニアがいる。配膳や片付けなど、専門知識や技能の要らないところで助手をつとめる。シルバー人材センターからの派遣で、家事が困難な高齢者を支援する例も聞く。実際に労力と時間を提供している人には、頭が下がる。

今の私の課題においてできるのは、一周回って健康をできるだけ維持することではないだろうか。具合が悪くなったとき、通報を控えるものではない。病が努力で予防しきれないものであることも、承知している。その上でなお、できる努力はする。持病については悪化しやすいパターンをつかむとか、食べ方や睡眠などの生活習慣に、より気を配るとか。

加えて健康保険税を含む納税も、私の「する」こと、していることに数えよう。さきに述べた交通法規の遵守と同様、市民の基本的な義務を果たすのが、迂遠《うえん》ながら貢献になる。「衝撃の図形」に気を引き締めつつ、何もできないわけではないと、自らを励ましたのである。

「しない」貢献、「したい」思い

「21世紀にこんなことが起きるとは」。ウクライナの男性が画面の向こうで語っていた。住む街を破壊され、家族も失ったという。「少し前までふつうに暮らしていたのに」。

本当に、まさかである。戦車で隣の国へ乗り込んで、文字にできない暴虐行為を、市民に無差別にはたらいている。社会経済がグローバルに結びつき、人道意識も成熟してきたはずのこの時代に。

他方、この時代らしいと思うのは、情報通信システムの発達により、現地の映像が大量に入ってくることだ。端末の普及で、市民が撮ったものも多い。

侵攻のはじまった頃の映像は、今と違う印象だ。SNSの動画では、道に迷ったロシア兵に、ウクライナの人々が紅茶とパンを供し、スマホを貸してロシアの母親へ電話をかけさせ「安心して。息子さんは元気よ」と呼びかけていた。別の動画では一台の戦車が、住民にとり囲まれながらゆっくりと動き、ついには止まってしまう。「たしかに轢《ひ》くわけにはいかないだろうな」「顔が見える距離だと情が移るのかも」などと思っていた私は、戦争の何たるかを知らなかったと言われても仕方ない。

胸の痛む映像が大量に流れ込んでくる経験は、3回目である。1回目は東日本大震災だ。あのときは気持ちの奮い立たせ方があった。食事や買い物にすら罪悪感をおぼえ自粛しがちなところへ「支援のためにも経済を回そう」が合言葉になった。

経験の2回目の新型コロナウイルスでは、映像の流れる量が比べものにならないほど多く、また長きにわたった。世界中に蔓延したのだから。気持ちの奮い立たせ方も、震災のときと違って、難しい。外出しない、対面しない、会話しないなど、「しない」ことが貢献なのだ。「する」方でできるのは、マスク着用と手洗いくらいか。

3回目の今、東京のウクライナ大使館では、寄せられた支援物資が収まりきらず、別の建物へ移していると聞く。貢献を何か「したい」、せずにいられない思いの人は多いのだ。他方、けれど輸送や配布の困難が予想される。実情に合う支援を探りたい。

「共感疲労」という言葉をよく聞くようになった。他者の痛みや苦しみに共感しすぎて、心身の不調に陥ることだ。介護職や看護職に多いが、ウクライナ報道を見る人にも起きているという。

映像はしばらく止め、新聞やテレビならデータ放送と、文字のみにしてみよう。目を背けるのではない。支援をするにもまず必要な、心身の健康を保つためだ。

人間ドックの昼

朝9時過ぎ、クリニックの廊下の長椅子にいる。年に1度の習慣である人間ドック。昨年まで受けていたところは、予約がだいぶ先になるので、腸閉塞で通いはじめたこちらへ来た。ご心配かけぬよう先に報告すると、異常なし。むしろ何てことない一日のスケッチとして、お読みいただきたい。

外来の患者に交じって待ち、検査室が空いたら呼ばれるしくみ。日頃の通院では、何かしら紙を持っている。待ち時間を利用し、資料を読んだり文書のメモを作ったり。この日は手ぶらだ。検査着とロッカーキー以外は、身ひとつ。ふだんと違う時間の使い方もあり、さまざまな属性を捨象して、ひとりのシニア女性として、そこに座っている感じ。

見渡せば、私がいちばん年少ふう。仕事の場では最年長のことが多いが、この日は逆だ。平日の昼間のクリニックだとそうなるかも。

スタッフの皆さんも、シニアへの対応に慣れているようだ。何々票をお持ちですかと尋ね、返事がないと「青いカード、ある？」。声の大きさも言い方も変え、聞き直す。一文あたりの情報量を、相手によって調節しているのだ。敬語は省略されるけど、それはそれで丁寧な対応である。

おもむろに杖をついて歩き出したご婦人に「トイレなら、こっちが近いよ」。察して案内する看護師さん。「ご親切ですねえ」。ご婦人の去った後、感に堪えずそう言った。

トイレは腹部エコーがすむまで、がまんである。終わって採尿コップを受け取ると「よかった〜」。思うことが口にも顔にもすぐ出る私は「おしゃべりで人なつこいおばあさん」なのだろう。

クリニックを出て商店街へ。年齢層へつい関心が向くのは、人口ピラミッドの図形が頭にあって。年齢の分布には、地域特性もむろんある。これはたぶん、昭和中期に通勤圏として発展した町に共通する、令和の風景だ。

商店街では、この機にぜひ現物を見て買いたいものがあった。ベージュのタイツだ。世の中的には冬の商品だが、実は夏に冷房対策としてこっそりはきたく、それには目立たぬベージュがいい。ストレッチパンツが表に出ている衣料品店へ入ると、あるある。

そしてここもシニア客、わけても女性のひとり客が多い。インナーのレースの肌あたりやウエストゴムの伸び具合を、さわって慎重に確かめている。乾燥し痒くなったり、寒さや締め付けに弱くなったり、シニアは何かと点検事項が多いのだ。

お昼をとるのは、接客や席のゆとりから、百貨店がやはり安心。中華レストランには、シニア女性のひとり客が４人いて、なんと４人とも、海鮮焼きそばのやわらか麺だ。この選択、すごくわかる。多種類の食材が要るので、家では絶対作らない。たまには少し油っこいものを食べたい。揚げ焼きそばは硬く、カロリーも高そう。贅沢とヘルシーの折り合う選択なのだ。

昼間仕事をしなくなったらときどき来よう。歯がまだ悪くなかったら、サイドオーダーで春巻もいいな。

未来図の中にいたような一日。居心地はけっして悪くなかったことも報告したい。

まずは減塩

人間ドックの結果報告書が送られてきた。血液検査や尿検査など、後日出る数値を総合したものだ。ひとことで言えば異常なしで、ありがたい限り。

ただしそれなりにガタは来ている印象だ。60年間使い続けている体だし、使い方のクセもあろう。

基準値からはみ出ているひとつは、総コレステロール値。いわゆる善玉が高いだけでなく、悪玉と呼ばれる方も相当高い。おかずは魚で納豆やぬか漬けも日々とっている、あの食生活でなぜ？

驚きをかかりつけ医に話せば、女性は更年期を過ぎると高くなるという。食生活優等生のつもりの私は、コレステロールに関し安心しきっていたが、加齢も影響するのだったか。

もうひとつは腎臓の働きを表す数値。前から基準値の端っこをうろちょろしていたのが、今回はやや大きくはみ出した。「腎機能低下」と文字でも黒々と書かれてしまっている。

かかりつけ医によると腎臓の働きも、加齢につれ徐々に衰える。そのスピードを遅くするのがだいじで、いちばんに挙げられる方法が、塩分を控えめにすることだと。

食生活からして、これまた意外。おこわや惣菜をたまに買ってくると、どの店のでも塩からく感じるほど、ふだんは薄味だ。ぬか床にしたって、冷蔵庫でないと保存できないくらい減塩仕様なのである。

でも和食そのものが、塩分をとりやすいといわれる。加えて私にはイケナイ癖がある。煮魚の汁をご飯にかけ、余さずすすってしまうのだ。だしと脂が凝縮されて超絶美味だが、涙を飲んで止めにしよう。

他に塩分で何か思い当たることはと、先生に問われ「ジムに行く回数が増えました」。スポーツドリンクを、自分で作って持っていっている。発汗で失われる分を補うべく、糖類、酢、それに塩をひとつまみ水に入れ……。先生の言うには、そこまでしなくていい。ふつうに食事がとれているなら、それに含まれる塩分で充分と。

報告書では、食道の荒れの指摘も。内視鏡検査の結果では、食道と胃の境を締めておくところがゆるみ、胃酸が逆流ぎみだそうである。加齢につれてゆるむが、それにしては早すぎ。「食事は、寝る2時間前までには終わらせて下さい」と先生。

ジムには仕事の後、夜に行く。満腹だと体が重くなるので、ご飯のみを軽くとり、おかずの方は帰ってから本格的に。洗髪まですませてくると、どうしても遅くなり「世の中の寝静まった頃、魚を焼きはじめる私ってどうか？」と思うことはあった。やはり体によくなかったか。食べてすぐ寝ると牛になるとの戒めは、行儀面だけでなかった、健康面でも理のあることなのだ。

要するに、塩分に気をつけましょう、寝る直前に食べないようにしましょう、ということ。聞き慣れすぎてスルーしがちだが、同じく耳にタコだった「手を洗いましょう」が感染症から身をよく守ったように、それらもまた真剣に取り組む価値があるのでは。

70年、80年と稼働し続けてほしい体だ。実行あるのみ。

ため込まない、老け込まない

久しぶりにジャケットを着用することになった。会合に出席し、私も前に出て発表する。同様の発表はずっとオンライン。オンラインでは、ジャケットでなくてすんでいた。

下はネイビーのパンツでいいだろう。ジャケットもネイビー、グレーが薄地、厚地、中くらいといいろいろある。コロナ禍で家にいる間、断捨離を何度もしたが、それらのジャケットは「いざというときないと困る」と、断捨離の対象外としておいた。

ところが、実際パンツの上に着てみると、何か変。バランスが悪いのだ。パンツに合わせるには少々長めであってほしいが、どれもこれも寸詰まり。ブラウスも同様だ。

思い出す。「かつてはスカートをはいていたのだったな」。スカートの方が、より正式とされるのに則《のっと》って。その頃に買ったジャケットだ。

でも近頃はパンツばかり。パンツが認められるようになってきたのと、夏の冷房対策にも冬の防寒対策にも、パンツの方が断然いい。さらにはコロナ禍でずっと家にいるうち、ウエストゴムのパンツに慣れてしまった。スカートにはもう戻れなそう。

つまりはこれらのジャケットは、あってももう、ないと同然なのだ。ひと頃はあれほど役に立っていたのに、いつの間にか不要のモノとなっていた。

私はモノを買うとき考えるタイプである。流行だから飛びつくことはなく、むしろ「流行っているということは、来年か再来年には流行遅れになるのだな」と警戒するほどだ。逆説的だが、そういう慎重にして堅実な人間の方が、ため込みがちなように思う。長く使えるモノを買っていると信じている。

知人に、私とは正反対の人がいる。好きなブランドの最新作を買っては、まだセールにもならないうちにフリマアプリでどんどん売っていく。はじめからフローと考えており、ストック問題は生じない（ただし目論見が外れ、買い手のつくのを待つモノと梱包資材とイライラがたまることもあるそうなので、おすすめはしない）。

私はリサイクルショップに持っていくか宅配買取へ送るかだが、考えて買うタイプはここでもやっかいだ。買ってきてすぐ、タグを外してしまう。ブラウスなんて「これは、いざというとき役に立つわ」と色違いで白も黒も買い、「いざというとき」が来ないまま、持っていき「惜しいです。状態は悪くないから（未着用だから当たり前←筆者の声）タグさえあれば」と言われてしまった。

誰だって買うときは、不要になるとは思わない。が、モノと人との関係は変わる。モノの方は変わらなくても、自分が変わる。買ったときの私は、もういない。だいじなのは、早めにそれに気づいて、潔く認めることなのだろう。

コロナ禍の巣ごもり中に、断捨離を決行した人は多いだろう。その際もっとも手をつけにくかったのが、思い出の品ではないだろうか。私はそうで、服は上述のとおり、何度かの断捨離の末、対象外だったモノへも及んだ。

そしてついに、聖域なき断捨離へ進んだのである。

わが家には親の家から持ってきた写真の箱がある。私はコロナ禍のさなかに60歳になり、両親はすでに亡い。今は写真はデジタルになっているが、フィルムで撮影した頃は、店でプリントしてもらい、それと併せて返却されるフィルムが、モノとして残る。それらをしまった段ボール箱が「開かずの箱」として、クローゼットの床に置いてあった。それがあるため、ウォークインクローゼットなのにウォークインできない状態が続いていた。

思い出の品と向き合うにはエネルギーが要る。目にすれば愛惜の念がわくだろうが、心を鬼にして捨てなければならない。気が重く、ずっと先延ばしにしていたが、コロナ禍でかつてなく長い時間家にいる今やらなくて、いつやるのだ。相当の覚悟をもって臨んだ。

封を切って大笑い。「何これ?・」。昔のカメラ、少なくとも家にあるようなカメラはさほどズームアップできず、ピントも合わせにくかったのか。出身地と思われる町の砂浜を、2家族くらいの人々が歩いているが、顔が小さすぎ、しかもボケボケ。誰が誰やらわからない。長年向き合うのをおそれていたモノの正体がこれ？　よい意味で拍子抜けした。

親の写真は代表的なものを残して、自分の写真はさらに絞る。見れば「私も昔は若かった。フェイスラインなんて、シュッとしてほとんど斜め」と思うが「だから何？」である。60代より30代の方が若いのは当たり前。顔もたるんでいないだろう。が、それを確かめるだけのため、とっておくことはない。そもそもずっと「開かずの箱」であったということは、すなわち、なくてすんできたのである。

親のいた日々、若かった日々への愛惜は、この先ますます深まるだろうが、よすがは必ずしもなくていい。思い出はこれらのモノに保存されているのではなく、私の胸の内へすでに移管されている。

聖域なき断捨離で知ったのだった。

手放す話ばかりしていると、老いに向かって減らす一方にあると思われるかもしれない。が、必ずしもそうでなく、増えたものもある。ダンスフィットネスという趣味が、そのひとつ。堅実をもって鳴る私がダンスとは！　10人に話せば10人が意外と言い、必ず目を剝かれるし自分でも信じられない。

親の衰えを通して筋力をつけておく必要を感じた私は、看取りを終えた後、ジムへマシントレーニングに通っていた。マンネリを感じたとき、スタジオで今からレッスンがはじまるとの館内放送を聞き、何だか知らずに飛び込んだのが、ダンスフィットネスだったのだ。マシントレーニングでは忍耐の1時間が、アッという間に過ぎたことに驚いた。マシントレーニングだと、頭の中でついいろいろ考え事をしているが、ダンスはついていくのにせいいっぱいで、その暇がない。リフレッシュ効果は抜群だ。ジムで体を動かす時間は、自分を律する苦行めいたものから、心身を解放するものに変わった。

私はマイペース派。レッスンスケジュールに合わせて時間をやりくりするより、行けるときにパッと行くのが好き。人といっしょに何かするより、ひとり黙々と励むのが性に合う。ずっとそう思い込んでいた。長年開けようとしなかった写真の箱と同じで、自分で自分を閉ざしていたようなものである。

「ため込む」の対義語は、手放すではなく「入れ替える」かも。手放すことを伴うが、それが目的なのではなく、入れ替えのためのプロセスとして。モノの収納も考え方も価値観も、時とともに固定化しがちだ。たまには見直し、入れ替えて、新鮮な風を通す。

老いに向かいつつも老け込んでしまわないためには、それがよさそうに思っている。

ゆるゆると脱マスク

マスク着用の基準が、徐々に緩和されてきた。屋内では2メートル以上の距離が確保され、かつ会話がほとんどない場合、屋外では同程度の距離が取れるか、取れなくても会話がほとんどないならば、必要ないとの指針である。

気持ち的に外しやすくなったのは事実。駅から家までの道々、顎までずらせば、夜風があたって、たしかに涼しい。

が、実際には必ずしも基準どおりに行っていない。向こうの角からふいにマスクをした人が現れると、思わず戻す。同調圧力までは感じない。なんというか、道のまん中を歩いていたのを、人が来ると脇へ寄る程度の、反射的なものだ。

相手がつけたままなのは何ゆえ？　感染をよほど警戒しているか。

必ずしもそうではないと、自分が外さないでいるときわかった。例えばスーパーの駐輪場で、ラックから自転車を下ろす。この時点では屋内だし、そばに人もいるので外さない。屋外へ走り出しても、駅周辺はすれ違う人が多く、まだそのまま。

住宅街にさしかかると、少し空くが、この後コンビニに寄るからこのまま行こう。コンビニの入口には「マスク着用」とあるのだ。

コンビニを出ると、若いグループが半分酔っぱらって騒いでいるので、さすがにそこは外さず通過。そうこうするうちもうすぐ家だ。

屋内屋外、距離や会話の有無といった状況が次々と切り替わり、そのたびにつけたり外したりは面倒。マスクに頻繁にさわるのはよくないと、たしか言われていたような。汗で肌が荒れがちなところへ、つけ外しによる擦れが刺激になってもいけないし。昼間は、紫外線に直にさらさない安心感も。

要するに自分が、マスクが煩わしくてたまらず脱マスク生活を切望しているわけではない、と気づく。

長いコロナ禍でマスク生活に慣れてしまった。目より下に化粧をしないのは、もはや通常モード。久々に全顔で会う人には「老けたな」と、この間知り合った人には「こういう顔だったのか。想像と違ったな」と思われそうな気恥ずかしさもある。

ゆるゆると逆の馴化《じゅんか》をしていこう。

元の日常生活へ

新型コロナウイルス感染拡大防止のための行動制限が、次々と解かれてきた。飲食やイベントの人数制限の廃止、一般の事業所における濃厚接触者の特定や待機を求めない、など。

メールには催し物や会合の案内が届く。「コロナ禍以来初の開催です」「久しぶりの対面方式です」といった一文つきだ。

そうした案内メールを読むたび思う。今度こそ「終わりの始まり」なのだろうかと。前にも終わりが見えかけたことはあった。２０２1年5月、政府によりワクチンの大規模接種センターが開設された頃。ニュースでは朝いちばんに乗り込んだという人が、高揚感に満ちた声で語っていた。待ちに待ったこの日がついに来た、これからはあちこちを回り趣味の写真をたくさん撮って、充実させたい。自粛で失った機会を取り戻そうとする意欲と期待に溢れていた。

それからの日々が、期待どおりに運ばなかったことは、周知のとおりだ。感染の波が繰り返し襲った。私は2021年8月から9月が、緊張感がもっとも強かった。ワクチンの供給が滞り、接種が受けられない中、感染者は重症者とそのリスクの高い人を除き、原則、自宅療養との方針が示される。肺炎の急速な悪化に対応が間に合わず、自宅で亡くなるケースが相次いだ。

その頃に比べると、身構える気持ちは緩んでいる。対面方式に戻った会合にリモート参加の人が「陽性になりましたので、自宅から失礼いたします」と前置きし、予定した発表を、咳き込むこともなくこなす。後遺症は未知のため警戒を要するし、個人レベルの感染防止対策をとっていくことに変わりはないが、「かかったらたいへんなことになる病気」という印象は薄れつつある。

パンデミックが100年ぶりのため「終わり」もまた未経験だ。集団免疫が達成されたかどうかは、確認できるものなのか。感染の報告がなくなったわけではないから、天然痘のような根絶宣言は出まい。このままワクチンを打つ人は打つ、マスク着用・手洗いをまめにする人もそうでない人もいるという、インフルエンザに似た状況となっていくのか。重症化を防ぐ薬が普及し、それでも一定数の死者は出る病気として。

「終わりの始まり」を手探りで歩み出している。

やっと「卒業」

ヲタ生活の「卒業式」がまだだった。本棚に並ぶフィギュアスケートの専門誌。十数年にわたってためたそれらの売却をもってめでたく卒業とするはずが、長引くコロナ禍や腸閉塞騒ぎで延び延びとなっていた。

コロナ禍前、ときどき本を持っていった古書店が、近くにある。こういうものは査定していただけるかと、ついでの折りにそれとなく聞くと「んんー、他の本といっしょに、でしたら」。苦しげな声に、お断りの最大限気をつかった表現と察した。

ヲタだった頃、買いそびれた専門誌をネットの中古市場で探したら、号によっては1万円以上の価格がついていて驚いたことがある。「あの2000円もしない雑誌がこんなに?!」。有力選手の無名時代とか引退とか、いろいろな要因によるのだろう。でも関心のない人は徹底的にないのだ。テレビのお宝番組で、出品者の家族のつれない反応が示すとおり。

欲しい人と確実につながるには、オークションかフリマだろう。一冊一冊、表紙の写真を撮り、何年のどの試合の特集で、誰のインタビューが何頁などと説明を付けて。

その作業を思うと、十把一絡げに業者へ売る選択に、私はなる。出品で得るお金は、モノの対価より労働の対価と考えるべき。

選ぶべきは業者だなと思っていたところへ、たまたま買った本に、古書の宅配買取店の送料無料券がついてきた。深く考えずここにしようと、券を保管。

私はひと月に1回くらいの割で水をとっている。2リットルのペットボトルが10本入った段ボール箱を3、4個。届いて、いつものように箱を空にし、その場でつぶしそうとして「ちょっと待て」。この箱、宅配買取に出すのにちょうどよくないか。幅がフィギュアスケートの専門誌と合いそうだ。

本棚の前へ持っていき、試しに入れると予想どおり。頑丈な点もうってつけ。水は1リットルが1キログラム。単純計算で20キログラムの重みに耐えられる。フィギュアスケートの専門誌は、つや紙にカラー印刷のためかなり重いのだ。

渡りに船とばかりに詰めていく。バンクーバー五輪の特集号からなので、ソチ、平昌《ピョンチャン》、北京で4大会めになるわけか。ヲタ活の歴史を改めて感じる。2箱がたちまち満杯に。本棚は相当片づいた。

その先は、世の関心の盛り上がりに応じて売りどきを選ぶのが、換金性を高める合理的な判断だろう。が、段ボール箱2つが床に置いてある状態に、圧迫を感じてきた。通行の妨げになり、ヲタにあるまじき言いようだが正直、じゃま。圧迫感がつのるにつれ、少しでも有利に売ろうとする欲は消えていく。

後先考えず、発作的に買取フォームに入力し、集荷依頼までしてしまった。後日届いた査定結果は、送付点数140冊、買取点数105冊、計520円。

フリマアプリにコツコツと出品している女性が言っていた。出品するつもりの物と梱包資材でひと棚とられ、ホント、場所ふさぎ。ひと思いに業者に売り払いたい衝動によくかられるが、耐えると。出品で得るお金は、スペースの対価でもあると知るのだった。

断捨離の助け

宅配便にはたいへん世話になっている。新型コロナウイルス以降は特に。買い物に出なくても、日用の品に事欠かないのは、彼らのお働きあってこそ。

もうひとつの見逃せない側面は、断捨離の助けになっていることだ。

家にいる時間が長いと、ため込んだモノが気になってくるのは、多くのかたがご経験だろう。私は衣料品をまず減らした。巣ごもり生活が続いて「よそ行きの服を着る機会など、もう来ないのでは。数年後に来たところで、今ある服は、年齢的、体型的に無理なのでは」と。

そのとき利用したのが、宅配買取だ。ネットで箱数を入力の上申し込むと、宅配業者に連絡が行き、集荷に来る。梱包は、集荷の際資材を持ってきてもらい、その場で詰めてもいいし、家にある資材でもいい。私は後者にした。

送料は着払い。売り手の心理が考えられている。送料がこちら持ちだと、つい小さくまとめそうだが、向こう持ちだと気が大きくなり「これもあれも、この機に売ろう」と依頼点数がおのずと増える。おかげでかなり片づいた。

そしてこのたびの本の宅配買取。フィギュアスケートの専門誌だ。詰め終えて、ネットで申し込んだ後、画面下の注がふと目に止まる。ひと箱の重さはひとりで運べる範囲内にして下さい、めやすは25キログラムと。

不安。体重計で確かめたいが、重くて持ち上げられない。とりあえず玄関まで、箱と床の間に古いシーツを差し入れて、シーツを引っ張り滑らせる。

集荷予定の時間帯には、外の音に聞き耳を立てた。トラックが停まったような。窓から覗くと、見慣れたトラック。すぐさま出ていき、降りてくるのを待ち構え「台車が要ります」。

顔なじみのドライバーは「だいじょうぶですよ」と笑うが、万一トラックまで運べないと困る私は「お願いします」とくい下がる。半信半疑のようすで台車を持ってきたドライバーは、箱に両手をかけてみて「あ、本当だ」。ほーら、言ったでしょう。

台車に載せて去っていく後ろ姿を、思わず拝む。本当に助かる。これからもどうぞよろしく。

所有しないで消費する

同世代の知人男性が久しぶりに会った甥の、乗っている車に驚いたという。最新モデルでたぶん500万円くらいする。甥は30そこそこで、高給取りではけっしてない。ローンを組んだにせよ、どういう考えでその車種に？

甥の言うには、中古市場が活況で、人気の車種は、発売から数年後も、購入額の８割くらいで売れて、その代金でまた次の車を買える。そうすることのできる車種を、選んでいると。

ローンを完済し手に入れるのがゴールではない。手放すことを前提にした買い物なのだ。対照的な購入スタイルとして、知人の頭に浮かんだのが、洋食器の頒布会。今月は紅茶碗、来月は皿と、少しずつ揃え、長期間かけてディナーセットが完成する。

昭和30年代後半に盛んだったという。絵本にもたしか、そんなシリーズがあった。あの頃は、家庭内にモノが増えていくことが、豊かさの象徴だった。カラーテレビしかり、マイカーしかり。

収納の特集が、生活雑誌で定番なのは、その頃の名残だろうか。親の代からため込んできたモノでいっぱいの人がまだまだいる。

昭和36年生まれで、その頃の価値観を引きずる私も、服は売るようになった。業者による買取を利用している。知人の甥の車と違い、代金は次の購入に充てられるものではとうていなく、買い物としては、そこで終わる。

同世代でも知人の女性は、もっと積極的だ。フリマアプリを利用し、自らが売る。発売からあまり間がなく状態もよいと、購入額の3割から5割になる。自分もまた比較的新しいものをフリマアプリで探して買う。回転が速いので、クローゼットに服が詰まっていることはない。というより、フリマアプリの取引空間そのものを、巨大なる外付けクローゼットのように思うそうだ。

フリマアプリによる個人間の売買を含めたリユース市場は、2022年には3兆円規模になるだろうと、専門誌は報じている。

その知人の娘のクローゼットはもっと空いている。部屋着以外の服は買わない。月々定額のレンタルを利用する。

プロがコーディネイトして送ってくるので、組み合わせを考えなくてすむ。使用後はクリーニングせず返却できる。日々の洗濯はむろん、防虫や季節ごとの衣替えといった維持管理の手間も要らない。

彼らのようなスタイルを、リキッド消費と呼ぶ。短期のサイクルで買い替えたり、利用権の購入のみですませたりする、所有を目的としない消費の仕方だ。

生活雑誌の収納特集はいずれ、過去のものになるのだろうか。

早めに手放す

　サイドボードの中の和食器のうち、3分の1は使っていない。色絵の磁器だ。赤や緑の釉《うわぐすり》で模様を描き、金彩《きんだみ》を施したもの。金彩は食洗機に入れると剝げてしまう。後片付けのことを考え、染付けばかりつい使う。白に藍の模様のものである。

　サイドボードの前に落ち着いて座り、久しぶりに色絵を見たときに、何かしっくり来ないものを感じた。ひとことで言うと、疲れる。豪華絢爛すぎるのだ。染付けに、目が慣れてしまったためか。あるいは内的パワーが、絢爛たる器とつり合わなくなったのか。

　かつてはこの絢爛さにひかれた。精密な筆致、模様の配置にみられる高度なセンス。「これぞ伝統技術の粋だ」と。鑑賞本で学び、各地の美術館を訪ね、旅先では骨董店に立ち寄った、40代の私。あの頃は摂取の時代だった。

　知り合いの年上の女性の自宅に行き、感嘆した。ヨーロッパと往き来している実業家で、自宅もさぞやヨーロッパ趣味かと思えば、黒ずんだ水屋簞笥に、色絵の皿がびっしりと。「いいものをたくさん見てきた人は、こうなるのか」と。

世界に誇る工芸品だとは今も思う。だからといって、所有する理由にはならないような。旅先の骨董店の主を思い出す。80代とおぼしき男性で「私など染付けにもう飽いて、行き着くところは白磁です」と風のような声で語った。無模様で、素地に透明の釉のみをかけたもの。

色絵に魅せられていた頃だから、内心「いやいやいや」と思ったが、そうした枯淡の境地に、私も近づきつつあるのだろうか。金、赤、緑で松や鶴など描いた鉢など、めでたいから「正月にきょうだいが来たとき煮しめを盛って」と夢想するけれど、コロナ禍で2年来ていないし、正月に煮しめを作ることは、この先私にない気がする。

見はじめると、しんみりとなる。この皿はあの旅で求めた、あの頃はああだった。思い出のない品は、ひとつとてない。何も急いで手放さなくていいのでは。サイドボードに入りきらないわけではなく、持ち続けることはできるのだから。

「いや」。首を横に振る。持ち続けることのできなくなるのは、自宅での生活が難しく施設へ移るとき。のっぴきならぬ事情に迫られ手放すのは、身を切るほどのつらさだろう。自分の意志で決められる、早めのうちが、心的ダメージが少ないのでは。

アンティークショップに電話する。コロナ禍はじまって以来、服、ヲタ活関連本と小出しに処分してきたので、何回目かは忘れたが、断捨離の実行だ。

業者の来る前の晩、夕飯をすませたダイニングテーブルに、査定を依頼する品を並べる。親から受け継いだ器も、その中に。もらったときの場面や親の表情が、床に就いてからもよみがえり「やっぱり、あれは置いておこう」。リビングへ起き出し、サイドボードに戻したり、テーブルへまた移したり。

意外だ。こんなに悶々としようとは。服の断捨離とはワケが違う。

査定結果や、そもそも業者探しをどうしたかは、次回ご報告したい。

業者の査定

和食器の断捨離の際、課題となったのは業者探し。服や本の断捨離では宅配買取を利用した。段ボール箱に詰め、集荷に来た宅配業者に渡すだけ。食器だとそうはいくまい。シロウトが下手に梱包すると、途中で割れてしまいそう。出張買取という選択になる。

検索すれば、いろいろある。箱なし、使用済みでもよいとうたう、条件的には合いそうなところも。

口コミを読むと、ひるむ。宅配買取と違って出張買取は、査定する人と直に接する。その人の印象や言動に、利用者の満足度が大きく左右されているようす。愛着ある品々だ。高価買取は期待しないが、残念な別れ方はしたくない。

思い出す業者がある。10年以上前になるか。父の認知症がはじまりながら、足腰は立っていた頃、散歩の途中に何回か寄ったアンティーク店。昭和レトロな掛け時計や電気のかさがあり、認知症に「回想法」的な効果があるかと。ただおじゃまするのも悪いので、小皿や湯呑みなど買った。扱う品は割と近そう。

40くらいの男性がひとりで営んでいるそうで、古い絵はがきを父に見せ「こういうのも売っていますよ。おじいちゃんのところに残っていませんか」などと話しかけていた。あの人なら悪くない。

うろ覚えの店名で検索すれば、あった。電話して、来ていただくことに。

前の晩リビングのテーブルに売りたい品を載せる。せっかくの機会なので洋食器も少々加えた。重ねてしまってあったのを並べてみると「よく入っていたな」と嘆息。引越前夜の驚きと似ている。

和食器には産地を、洋食器にはブランドとシリーズ名を付箋に記しておく。

当日来たのは見覚えのある男性。付箋の情報をもとに、市場価格をスマホで調べたいだろうか。正確な査定は、私も望むところだ。集中できるよう「何かあったら声をかけて下さい」と言い別室へ。感染対策と防犯対策を兼ね、窓と玄関ドアは開け放しておく。

45分後、呼ばれる。査定結果の内訳を、複写紙に丁寧に書き出してあった。

結果は意外！　市場では洋食器が優勢なのだろうか。カップ、ソーサー、ケーキ皿の計3点で2000円。百貨店で新婚さんへの贈り物向けに置いていたシリーズなのに。さんざん使って小傷だらけで、気がひけながら出したのに。小さなリスの置物が1点で3500円。絵付けの技術で知られるブランドにしては不出来で、リスの毛の質感が表現されておらず、一色でべたっと塗られ、木の実を囓るべく前脚を揃えた姿はまるでゴジラ。ネットで買い「失敗した」と思って出した。

ドサクサに紛れて突っ込んだ洋食器が、予想外の健闘の一方、和食器はふるわず。金彩をふんだんに施し、松や鶴を細かな筆致で描き込んだ大鉢なんて、単品では値がつかず、まとめていくらの世界である。親から受け継ぎ、出そうかどうか迷いに迷ったあの品が。悩んで損した。

結果としては大満足。サイドボードはスッキリ。出し入れがしやすくなった。何よりも「思い切って実行できた」そのことに、はれやかな気分でいる。

増やしたいもの

生活のダウンサイジングをめざす中、ぬか床だけ逆を行っている。つい最近も1・5倍にサイズアップし、さらなる「増床」を検討中だ。

発酵食品が好きで作りはじめ、20年近く続いている。途中、自宅の改築で引っ越すときも、ぬか床はトラックに乗せず、仮住まい先へ抱えていった。

「発酵が体にいいのはわかるけど塩分は？」「毎日かき混ぜるのがたいへん」とのシニアの声が聞こえるようだ。ご案じなく。それらを解決する方法が、冷蔵庫での保管である。低温で傷みにくいため、塩分控えめですむ。発酵の進みも遅く、2〜3日に1回かき混ぜればだいじょうぶ。実際には、食べる分を掘り起こすので、毎日かき混ぜるようなものなのだが。しばらく留守にするときは、冷凍庫に移す。

塩分控えめとは、具体的にどれくらいか。作り始めの分量でいうと、乾燥重量で1キログラムのぬかに対して100グラム。10パーセントだ。ぬか床のレシピを検索すると13パーセントから18パーセントのものが多く出てくるので、低塩のほどを感じていただけよう。

材料は他に水1リットル。基本的にはこれだけだ。発酵のモトは不要。葉物野菜を1日に1回交換で入れ、葉についている自然界の乳酸菌を、水と塩と合わせたぬかに移す。繰り返すこと1週間で、ぬか床が完成。

ぬか床が家にあるといいのは、根菜を手間なくとれること。ニンジンスティックを勢いよく齧《かじ》るのは、歯が不安なシニアは、火を通すか生だと細かく刻まないといけないが、漬け物なら、簡単にぬかを洗い流して切るだけ。とても助かる。

葉物野菜は長いこと漬けていなかった。ぬか床の中でかさばるし、ミルフィーユのクリームよろしく、一枚一枚の間や表面の縮れにまでぬかが入り込み、洗ったときの流出量が多すぎて。

けれどこの前たまたまキャベツの余りを押し込んでみたら、超絶おいしかった。なおかつ楽。葉物野菜はゆでて食すのが常だけれど、漬けてあったら、調理がより手間要らず。ぬかの減りが早いというデメリットを、メリットが上回る。

葉物も漬けるなら、今の容器だけでは足りない。同じ高さで半分の面積のを買い、大小2容器、計1・5倍体制で行くことにした。

ここで私に誤算があった。小の方に収まることは収まる。が、ぬか床は詰めて終わりではない。かき混ぜるための空間的余裕が要る。今は出し入れのたび、ふちからこぼれ落ちる始末。大へ買い直し、2容器2倍体制にするか。

「いや」。首を振る。同じ2倍なら特大を求め、1容器2倍体制にする方が、豪快に混ぜられる。キャベツなんて今はホールの12分の1カット、ケーキなら倒れそうな薄さにカットしたのを、そろりそろりと縦に抜き差ししているのだ。

再度「いや」。1容器あたりの重さも考えねば。大ですら、冷蔵庫から降ろす際、うっかり片手で支えると、腕ごと沈みそうなほどである。倍の重さを日に何度も、となったら……。

増床はするつもりだが、方法を検討中である。

ぬか床を1・5倍にし、さらなる増床を計画していたら、思いもかけない事情でストップした。ぬかの減りが予想以上に速くて、供給が追いつかない。増床どころか存続の危機。「足しぬか用の炒りぬかが、スーパーにいくらでも売っているのに」と訝しまれることだろう。その通り。ぬか床に関しては、私は融通の利かない人間で、ぬかも野菜も選択の幅がとても狭い。長年とっている玄米があり、家でつど精米していて、そのとき出るぬかを補充。野菜は、お米と似た農法で作っているグループが、週に1回近所まで売りにくるものを。それらでずっと維持してきた。

「お仲間でぬかをお持ちの人いませんか」。野菜売りの人に聞いてみた。ぬかの在庫が心もとなくなってきた頃である。「探してみます」と言った後、顔を合わせるたびに「あっ」とバツの悪そうな声を出すから忘れていたのだろう。

「すみません、ちょうど畑にまいてしまったらしいです」。ある週に言ってきた。野菜の肥料にするようだ。「次に精米するときはとっておいてもらうようにしました」。「次」とはいつ？　まさか新米の収穫時とか。

ぬか床の方は一日を争う状況になってきたので、市販のぬかを買ってきた。混ぜ込んで袋を空にした後、印刷された文字に気づいた。炒りぬかといっても、商品によっては、いろいろ入っている。ぬかと水と塩だけでぬか床を作ってきた私には、かなり残念。足す前に袋の裏をよく読むべきだった。

このまま続けていくかどうか迷っていたところへ、野菜売りの人から耳寄りな情報が。似た農法の別グループで、できたぬか床を通信販売しているところがあると。用をなさなかったことに気が差し、調べてくれたそうだ。注文してみよう。

届いた印象をひとことで言えば「若い」。ぬか床って、できたてはこういうものだったか。稲穂の瑞々しさと麦芽の甘さを合わせたような、初々しい香り。花のようですらある。饐《す》えたような臭いの古いぬか床と比べれば頼りなくはある。逆に言えば、育てていく楽しみがあるわけで。

もとからあるぬか床に炒りぬかを足した方のは廃絶。新しいぬか床で一からやり直そう。20年をともにしたぬか床。20年といえば、還暦の私の人生の3分の1、大人になってからの人生の2分の1だが、思い切って終わらせる。この間食生活と健康を充分に助けられた。感謝あるのみ。

今は野菜についている乳酸菌その他、自然界の微生物を植えつけているところ。塩分も調節しないといけないから、精米で出るぬかを少しずつ足して。

前のぬか床を少々入れて、微生物を引き継ぐことも考えたが、止めにした。過去に培ったものに頼らず、まっさらなところから、どこまでできるか試したい。

たぶん最後の大買い物

60歳を迎えるときは、人生の次のステージへ移行する高ぶりが、今にして思うと、あった。前のステージの集大成として、記念の句集を自費出版。年金の払込が終わると気づいて任意加入、それを機に家計簿アプリも導入した。還暦まつりというべき盛り上がりが早、懐かしくなるほどに粛々と過ごしてきたが。

まさかの大買い物をしてしまった。自費出版には及ばないものの、それに次ぐ金額だ。空恐ろしい。後ろめたくもある。コロナ禍や戦争の影響で、誰の生活も苦しいときに、こんなことに使っていいのか……。罪作りなその買い物は、ヨーロッパの名窯のカップ&ソーサー。必需品では全然ない。

もともと洋食器にブランド志向はなかった。カップボードにあるのは、ブランドを問わず集めてきたものだ。コロナ禍の下の断捨離で、かなり処分。ゆとりのできたカップボードを眺め「余白があると、一品一品が映えるな」と思った。

王家とゆかりのある窯の品は、悔しいけれどやはり存在感がある。優れた技術者を抱えているのだろう。悔しいけれど、と書いたのは、世界史の授業で出てきた「パンがなければお菓子を食べればいいじゃない」発言（史実でない説もある）のため、王家にさほどいい印象を持っていなかったからだ。が「さすが、文化のパトロンだ」と見直した。

そこで頭に浮かんだのが、件の名窯なのである。18世紀初頭にヨーロッパで、はじめて磁器を作ることに成功。今もなおヨーロッパ磁器の頂点に君臨し、優美な形と、植物図譜さながらの細やかで確かな絵付けは、他の追随を許さない。お宝鑑定番組のナレーションめくが、写真で見るたびそう思う。広く愛されているのは、花束の柄。対してバラを1本だけ描いたものは堂々として、特に白ないし緑のバラは、あたりをはらう品格がある。

ブランド名とバラで検索の日々がはじまった。ぬか床で悪戦苦闘していた私とは、別人のようなキーワードだ。

はじめは中古市場から。価格と状態の折り合うものがなかなかなく、新品も含めて探すように。ブランドの日本総代理店なるものがあると知った。某ショッピングサイトに出店している。「総」の字に威厳を感じる。在日本総領事館のようで。

威厳とは、いい意味で裏腹に、期間限定の20パーセント引きクーポンを配布していた。たまたまショッピングサイトでも30パーセント超のポイント還元中。差し引いてもなお、「洋食器にこれはあり得ない」と思う額だ。そこで悪魔の囁きが。「ほんとうに欲しいものを買えば、欲しいものはなくなる」。白と緑を1客ずつ購入。

囁きは真実だった。以来まったく探していない。保存してあった検索条件も削除。たぶんこれが洋食器の最後の買い物になろう。空恐ろしさは残っており、価格を記す勇気がない。この1年の買い物でいえば、コラーゲン注射より高く、老眼鏡とほぼ同じ。

そういえば還暦まつりのとき、できるうちは年金の納付額の一定割合を寄附することにしたのだっけ。この買い物にも適用し、後ろめたさを慰めよう。

この先20、30年

20年来のぬか床を廃絶したことは、さきに述べたとおり。空にした容器へ、新しく買ったぬか床を移した。説明書によると、すぐに漬け物を作れるのではなく、「捨て漬け」が必要。野菜の微生物を植えつけ発酵を促進するプロセスで、1週間ほど要するという。気温20度から25度の間が、発酵がもっとも活発だとのこと。

前のぬか床は塩分低めで、傷みを防止するため冷蔵庫で保管していた。今回のは塩分13パーセントに配合されているそうで、市販のものとしては一般的だ。捨て漬けの間は、調理台に出しておく。

在宅ワークの日々である。ついつい覗きにいってしまう。蓋を取ると匂いはまだ、お米の香りに毛の生えた程度。「ん?」。耳を近づけると何やらプツプツ、小さな泡がはじけるような音がしている。発酵の音だ! 味噌蔵だったか酒蔵だったかを見学したとき、大樽から同様の音がしていたが、まさか家の台所で聞けるとは。スマホが身近な世代なら、ただちに録音するところだろう。成長を確認するよろこびだ。

捨て漬けの野菜を試しに齧れば、酸味はゼロで、しょっぱさとお米の風味のみ。塩分はたいへん高い。常温という環境もあってか、漬かり方がとても速く、キュウリなら30分で味がしみはじめ、半日で中が半透明になる。前のぬか床は、この状態になるまで何日もかかった。塩分は6パーセントもなかったのでは。

発酵食品が体にいいとわかっているが、腎機能の低下を指摘され、減塩が課題の身にはよろしくない。健康管理、特にシニアの健康管理はほんとうに「あちらを立てればこちらが立たず」だ。

そこへタイミングよく朗報が。ふだん野菜を買っている、とある農法のグループから「ぬかが手に入りました」と。そもそも前のぬか床を終わらせたのは、好みのぬかが調達できなかったため。次善の策として、すでにできているぬか床を買った。ぬかがあれば加えて塩分を薄められる。

13パーセントを6パーセントへ近づけるには、単純に考えて倍量以上にしなければ。容器ひとつに収まらないこと必至だ。家にある中でいちばん大きい、直径30センチのボウルにあけた上に、粉状のぬかを大量投下。

予想以上の力仕事だ。のしかかるようにボウルを押さえ、もう片方の腕を肘近くまで埋めて、練り合わせる。スコーンの生地を混ぜるのに似た硬さと手応え。パティシエ修業をしているような気分である。

どれくらいの重さなのか。キッチン秤は振り切れてしまい、体重計で量ることに。正確には体組成計で、足裏を感知しないと起動しないらしく、持って乗った数値から、持たずに乗った数値を引く。

4キログラム超、2つの容器を満たす量に。混ぜる前に一部、小さい容器に取り分けて、そちらは13パーセントのまま即席漬け用とした。合計で、もとのぬか床の2・5倍の増床を達成。数日計画で仕込むものと、すぐできるものと2種類あるのは、たいへん便利だ。

20年来のぬか床を足しぬかの事情で断念したのは、不本意で少々凹《へこ》んだが、結果はよかった。禍《わざわい》転じて福となす。新生のぬか床と20年、30年ともに過ごすのをめざそう。

あとがき

60代に入って、同世代の知人から挨拶状がよく届くようになった。ひとつは定年退職のお知らせだ。「何月何日をもちまして」と記されている日付に、その辺りで60歳なり65歳なりを迎えたのだろうと推察する。もうひとつは年賀状の欠礼。私たち世代の親は、80代後半、90代になる。

60代は喪失を経験する年代であると実感する。60代になって子どもがようやく独立した人もいよう。

役割を失えば、付随する環境、人間関係も変わる。制度としての定年はない私もこの間、7年間つとめてきた仕事の契約を終了。なじんだ場所へ通うことが途絶えて「あれはもう私の日常ではなくなったのだな」と、共に働いた面々や廊下の風景などをしばしば思い出した。他方で「7年間よく続けたな」とも。取り替えのきかない決まった日時に必ず体調を合わせて行くことを。世の中にはもっと厳しい責務を何十年と担い続けた人が大勢いるが、ここは人と比べずに、「頑健でないこの自分が、よく」と感慨にひたることを許そう。

親の看取りについては、60代に先んじて経験。介護を中心に生活が回り、家を空けている間も常に頭にあっただけに、虚脱感は大きかった。

失うとは、別な面からとらえれば、身軽になることである。肩の荷を下ろしたと突然気づいたときのことは『二人の親を見送って』(中公文庫)に書いた。介護を終えてしばらく後、日帰りで出かけた神戸からの新幹線、スーパーまでの所要時間を忙しく計算していたときだ。「何もそんな夜逃げみたいに慌ただしく帰ってくることないのでは。スーパーに間に合わなくたって、今の私は困らない。仮にその日のうちに帰らず神戸に泊まってきたところで、誰にも迷惑はかからないのだ」(「ふたたびの旅」)。

心のゆとりが少しできたところで、周囲に目を向ければ、手放すものが見えてくる。私には「ヲタ活本」がそのひとつ。本文に書いたとおり、ある時期はたしかに必要だったし、支えになった。が、ずっと同じ位置づけのわけではない。60代までの間に、改めて考えることなく習慣として持ち続けているものは、まだまだありそう。

身軽になれば、動きがとりやすくなる。失ったことを憂えず、手放すことに潔くあり、60代からの日々をよりかろやかに過ごしていきたい。

二〇二三年春

岸本葉子

初出一覧

その振込だいじょうぶ？　「くらしの知恵」二〇二一年一二月号　共同通信社
変わる本人確認　「徳島新聞」ありのままの日々　二〇二二年五月二二日
不要品の売買　「くらしの知恵」二〇二二年八月号　共同通信社
捨てずに再利用　「原子力文化」二〇二〇年三月号　（一財）日本原子力文化財団
着ればわかる、処分する服　「日本経済新聞」人生後半はじめまして　二〇二一年一〇月一三日夕刊
ずっと行っていない店　「徳島新聞」ありのままの日々　二〇二一年一〇月二四日
ヲタ活の終わり　「日本経済新聞」人生後半はじめまして　二〇二一年一〇月二七日夕刊
争奪戦にさようなら　「日本経済新聞」人生後半はじめまして　二〇二一年九月三〇日夕刊
体力の切れ目　「日本経済新聞」人生後半はじめまして　二〇二一年一一月一〇日夕刊
近くて遠い診療所　「徳島新聞」ありのままの日々　二〇二一年一二月二六日
たんぱく質のタイミング　「原子力文化」二〇二二年二月号　（一財）日本原子力文化財団
腸内環境を整える　「おとなの健康」Vol.15（二〇二〇年四月一六日発売号）オレンジページ
若いときはなかった心配　「日本経済新聞」人生後半はじめまして　二〇一九年八月八日夕刊
仕事のしかたを変えながら　「徳島新聞」ありのままの日々　二〇二二年二月二七日
対面が減って　「原子力文化」二〇二一年一二月号　（一財）日本原子力文化財団
微妙なオンライン　「日本経済新聞」人生後半はじめまして　二〇二一年一二月一五日夕刊
愛は勝つ、はず　「日本経済新聞」人生後半はじめまして　二〇二二年一月五日夕刊
初めてのバッティングセンター　「日本経済新聞」人生後半はじめまして　二〇一九年一二月五日夕刊
筋肉痛の夜　「日本経済新聞」人生後半はじめまして　二〇一九年一二月一二日夕刊
骨をなるべく減らさない　「おとなの健康」Vol.16（二〇二〇年七月一六日発売号）オレンジページ
抜歯するなら早いうち　書き下ろし

初出一覧

手荒れを治し、かつ防ぐ　「おとなの健康」Vol.12（二〇一九年九月一七日発売号）オレンジページ

ベストな睡眠時間　「日本経済新聞」人生後半はじめまして　二〇二三年一月一二日夕刊

しまったつもり　「くらしの知恵」二〇二三年一月号　共同通信社

ときどき魔法　「日本経済新聞」人生後半はじめまして　二〇二三年一月二六日夕刊

妖精がついてくる　「日本経済新聞」人生後半はじめまして　二〇二三年二月二日夕刊

100円ショップの迷宮　「くらしの知恵」二〇二三年七月号　共同通信社

キラキラ拭き掃除　「くらしの知恵」二〇二一年一一月号　共同通信社

汚れをためない「前始末」　「新世」二〇二一年一二月号　一般社団法人倫理研究所

これがハウスダスト　「日本経済新聞」人生後半はじめまして　二〇二一年一〇月六日夕刊

虫のいろいろ　「原子力文化」二〇二一年一一月号　（一財）日本原子力文化財団

犬と暮らせば　「原子力文化」二〇二三年五月号　（一財）日本原子力文化財団

草の匂いの飛行場　「徳島新聞」ありのままの日々　二〇二一年九月二六日

銭湯に流れる時間　「日本経済新聞」人生後半はじめまして　二〇一九年一〇月一〇日夕刊

懐かしのヒット曲　「日本経済新聞」人生後半はじめまして　二〇二一年一一月一七日夕刊

紙とデジタル　「徳島新聞」ありのままの日々　二〇二三年三月二七日

そろそろナビアプリ　「日本経済新聞」人生後半はじめまして　二〇二〇年二月二〇日夕刊

出先で、もしも　「徳島新聞」ありのままの日々　二〇二一年一一月二八日

財布を忘れて　「日本経済新聞」人生後半はじめまして　二〇二一年一一月二四日夕刊

広まるセルフレジ　「原子力文化」二〇二二年七月号　（一財）日本原子力文化財団

停電の半日　「くらしの知恵」二〇二二年二月号　共同通信社

老舗ホテルの閉館に　「日本経済新聞」人生後半はじめまして　二〇二一年一二月八日夕刊

話が合う若者　「原子力文化」二〇二二年六月号　（一財）日本原子力文化財団

まだまだヘアカラー　「日本経済新聞」人生後半はじめまして　二〇二三年四月二七日夕刊

介護脱毛	「日本経済新聞」人生後半はじめまして　二〇一九年三月七日夕刊
なるかもしれない認知症	「日本経済新聞」人生100年の羅針盤　二〇二二年二月二五日
自宅にひそむ危険	「おとなの健康」Vol.13（二〇一九年一一月一四日発売号）オレンジページ
保険、年金	「日本経済新聞」人生100年の羅針盤　二〇二一年一一月二六日
いくつで受給	「日本経済新聞」人生100年の羅針盤　二〇二二年五月二六日
無料の家計相談	「日本経済新聞」人生後半はじめまして　二〇二一年一二月一日夕刊
うっかり寝つく	「日本経済新聞」人生後半はじめまして　二〇二二年二月一六日夕刊
高カロリー、繊維少なめ	「くらしの知恵」二〇二二年五月号　共同通信社
なんとか復活	「くらしの知恵」二〇二二年四月号　共同通信社
まさかの誤飲	「日本経済新聞」人生後半はじめまして　二〇二二年四月六日夕刊
持病と付き合いながら	「日本経済新聞」人生後半はじめまして　二〇二二年三月九日夕刊
環境を変える	「日本経済新聞」人生後半はじめまして　二〇二二年三月一六日夕刊
ここでは新参者	「日本経済新聞」人生後半はじめまして　二〇二二年三月二三日夕刊
入れ替わりの時期	「日本経済新聞」人生後半はじめまして　二〇二二年三月三〇日夕刊
老眼鏡の10年	「日本経済新聞」人生後半はじめまして　二〇二一年一二月二二日夕刊
鍵が壊れて	「くらしの知恵」二〇二二年六月号　共同通信社
ひとりで具合が悪くなったら	「日本経済新聞」人生後半はじめまして　二〇二二年五月一一日夕刊
救急通報システム	「日本経済新聞」人生後半はじめまして　二〇二二年五月一八日夕刊
虚弱でもできること	「日本経済新聞」人生後半はじめまして　二〇二二年五月二五日夕刊
「しない」貢献、「したい」思い	「徳島新聞」ありのままの日々　二〇二二年四月二四日
人間ドックの昼	「日本経済新聞」人生後半はじめまして　二〇二二年六月一日夕刊
まずは減塩	「日本経済新聞」人生後半はじめまして　二〇二二年六月二二日夕刊
ため込まない、老け込まない	「ＰＨＰくらしラク～る♪」二〇二二年八月号　ＰＨＰ研究所

初出一覧

ゆるゆると脱マスク	「原子力文化」二〇二二年八月号　（一財）日本原子力文化財団
元の日常生活へ	「徳島新聞」ありのままの日々　二〇二三年六月二六日
やっと「卒業」	「日本経済新聞」人生後半はじめまして　二〇二三年三月二日夕刊
断捨離の助け	「原子力文化」二〇二二年四月号　（一財）日本原子力文化財団
所有しないで消費する	「徳島新聞」ありのままの日々　二〇二三年一月二三日
早めに手放す	「日本経済新聞」人生後半はじめまして　二〇二三年四月一三日夕刊
業者の査定	「日本経済新聞」人生後半はじめまして　二〇二三年四月二〇日夕刊
増やしたいもの	「日本経済新聞」人生後半はじめまして　二〇二三年六月一五日夕刊
まっさらにして	「日本経済新聞」人生後半はじめまして　二〇二三年六月二九日夕刊
たぶん最後の大買い物	「日本経済新聞」人生後半はじめまして　二〇二三年七月一三日夕刊
この先20、30年	「日本経済新聞」人生後半はじめまして　二〇二三年七月六日夕刊

本書は初出原稿に加筆修正したものです

装　画　オオノ・マユミ
装　幀　中央公論新社デザイン室

岸本葉子

1961年鎌倉市生まれ。東京大学教養学部卒業。エッセイスト。会社勤務を経て、中国北京に留学。著書に『がんから始まる』（文春文庫）、『エッセイの書き方』『捨てきらなくてもいいじゃない？』『生と死をめぐる断想』『50代からしたくなるコト、なくていいモノ』『楽しみ上手は老い上手』（以上中公文庫）、『50代、足していいもの、引いていいもの』『ふつうでない時をふつうに生きる』『モヤモヤするけどスッキリ暮らす』（以上中央公論新社）、『50代ではじめる快適老後術』『ひとり上手』『ひとり老後、賢く楽しむ』（以上だいわ文庫）、『わたしの心を強くする「ひとり時間」のつくり方』（佼成出版社）、『60歳、ひとりを楽しむ準備』（講談社α新書）、『90歳、老いてますます日々新た』（樋口恵子氏との共著、柏書房）、俳句に関する著書に『俳句、はじめました』（角川ソフィア文庫）、『岸本葉子の「俳句の学び方」』（ＮＨＫ出版）、初の句集『つちふる』（ＫＡＤＯＫＡＷＡ）など多数。

60代《だい》、かろやかに暮《く》らす

2023年３月10日　初版発行

著　者　岸本《きしもと》 葉子《ようこ》

発行者　安部 順一

発行所　中央公論新社

〒100-8152　東京都千代田区大手町1-7-1
電話　販売 03-5299-1730　編集 03-5299-1740
URL https://www.chuko.co.jp/

ＤＴＰ　嵐下英治
印　刷　図書印刷
製　本　大口製本印刷

Published by CHUOKORON-SHINSHA, INC.
Printed in Japan　ISBN978-4-12-005638-3 C0095

岸本葉子＊好評既刊

ふつうでない時をふつうに生きる

外出制限、リモートワークに慣れない日々。日常を見直し自分のペースを発見するチャンスかも？　変化を受け入れても、ぶれない心の持ち方を考えます。

50代、足していいもの、引いていいもの

やるべきことは「捨てる」ことではなく「入れ替え」でした！　モノの入れ替え、コトを代えて行うなど新しい暮らしかたにシフトしよう。

楽しみ上手は老い上手

心や体の変化にとまどいつつ、今からできることをみつけたい。時間と気持ちにゆとりができたなら、新たな出会いや意外な発見も？

〈中公文庫〉

50代からしたくなるコト、なくていいモノ

両親を見送り、少しのゆとりを手に入れた一方で、無理はきかないのが五〇代。シニアへ向かう世代のための、柔軟に年を重ねるヒントが満載。

〈中公文庫〉

捨てきらなくてもいいじゃない？

思い切ってモノ減らし！　でも捨てられない？　心と体の移り変わりに寄り添って、ポスト・ミニマリズムの立場から、持ちつつも小さく暮らせるスタイルを提案。

〈中公文庫〉

岸本葉子＊好評既刊

モヤモヤするけどスッキリ暮らす

自粛はするけど萎縮はしない。オンラインで家トレ、お取り寄せ。巣ごもりは断捨離のチャンス？　仕事や将来の年金など不安はいっぱい！　先のみえない日々の中、心と暮らしを整えるエッセイ。

〈単行本〉